旅する種まきびと

早川ユミ

わたしの家族

小野哲平…わたしのつれあい。一九八五年、愛知県の常滑でいっしょに暮らしはじめる。一九九八年、高知の谷相へ家族と移住。仕事は陶芸。薪がまを焚くことに熱中。アジアをともに旅する。

象平…一九八五年生まれ。哲平とユミの子。一歳から旅にでかける。象が好きなユミに名付けられ、からだもこころも象みたいにでっかいひとになった。

鯛…一九九三年生まれ。哲平とユミの子。もちろん一歳から旅へ。タイという国が好きなので、鯛と名付ける。名前のとおり、魚みたいに泳ぐのがだいすき。

まえがき　遊牧民になろう。

ちくちく、畑、ごはん、ときどき旅。
旅する家族は、こどもとともに地球のうえ。
旅することは、学び。
旅することは、暮らすこと。
旅する台所で、ごはんをつくりたべる。
旅することは、生きること。
旅はやがて智慧になるのです。

父にもらった本、小田実の『何でも見てやろう』(河出書房新社)、それがアジアへの旅のきっかけでした。一九七七年、父の住むマレーシアまでシンガポール経由でゆき、かえりは鉄道でバンコクまでゆく。十九歳のわたしがはじめての旅にでかけたのです。熱帯の異国の景色にうっとりする旅はつかのまで、まもなく、汗とともにからだじゅうの細胞がひらいてしまいました。そう、旅することはわたしが生きているなと感じる瞬間でした。じぶんの目でみたこと、耳できいたこと、鼻でかいだことが、旅のすべてだと、心底おもったのでした。眼の底にしみついた旅の風景。これがわたしの旅のはじまりでした。わたしはからだのなかにアジアの地図をもちはじめました。

旅するわたしの体験がやがて智慧になる、そのとき、旅はひとつの学びの方法だということを、からだじゅうで、直感としてわかったのです。いちにち、いちにちと、旅すると「野性の勘」がさえてゆきます。きっと旅が、本能的に「野生の感覚」を呼び覚ますのでしょう。この本との出会いは旅するわたしにとって、ほんとうにおおきなものとなりました。

その後、テッペイに出会い、こどもが生まれてからも、こども連れで旅にでかけました。こどもたちは、旅するなかで、おおきくなりました。わたしたちの旅は、リゾート観光でもなく、ツアー旅行でもなく、おおきなリュックをせおった自由なバックパッカーの家族旅行でした。

旅の、このわくわくどきどきする感じ、しあわせな高揚感、旅の感動を味わうまいにちが、わすれられなくて、にっぽんにもどると、またすぐつぎの旅にでかけたくなります。旅することがこんどは日常の暮らしをたのしくしてくれます。旅で出会ったもの、鍋や、ほうき、琺瑯《ほうろう》のたらいがわたしの台所にやってきます。また、旅で出会ったたべものや習慣を暮らしにとりいれます。一枚の布をインドのひとのようにからだに巻いたり、タイのひとのようにあたまに巻いたり、首に巻いたり、タオルのかわりに使ったり、ごはんのテーブルにしたりと。

旅することは、やがて思想となります。わたしのしごとは、ちくちく衣服を縫うことです。アジアは、布の宝庫です。アジアの旅のなかで手紡ぎ、手織りの布や山岳少数民族の手しごとに、どんどん惹かれてゆきました。

そうして、わたしのものつくりは、アジアの農民服やアジアの衣服の文化からおおきな影響をうけてきました。それはアジアの手織り布を探しての旅でもありました。布をとおして、インドではガンジーのカディという運動にもふれることができました。旅するなかで、わたしは着るものの思想もつくってきました。アジアなフォークロア、そんな衣服をちくちくつくってきました。ものつくりのもとは、旅びとの目の蓄積から生まれます。アジアで見てきたわたしの好きな赤は、にっぽんの赤とはちがうチベットの赤であり、インドの赤でもあるのです。

とはいえ、旅ばかりつづけているわたしたち家族も、そろそろ、こころをおちつけて、土地に根っこをはるような暮らしを求めるときがやってきました。じぶんのこころをおちつかせて、ゆったりしたこころで、いまこの瞬間を味わうひつようを感じたのです。アジアを旅するうちに、旅で出会った山岳民族のような暮らしを、にっぽんでもしたいと、高知の山のてっぺんに一九九八年に移住しました。棚田に畑や果樹園をつくり、木を植えながら、種まきします。それでも、やっぱりまたすぐ旅にでかけます。わたしの根っこは、やっぱりアジアの土のなかにあるんだとおもうのです。なんどタイへと旅にでかけても、たべたことのない味に出会います。どれだけたべても飽きることがないタイ料理、こんなにもすばらしい味覚はない！とたちまちタイ料理の魔法にかかって、種まきしながら、いったりきたりの遊牧生活です。

もともと太古のひとびと、わたしたち人間は百数十万年前、アフリカからアジアへと移住の旅をつづけてきました。自然の暮らしのなかで、旅しながら種をまいてたべものを収穫し、移動する旅。旅にでたくてたまらないわたしの気もちは遺伝子のなかの記憶によるものかもしれません。だから遊牧民のような暮らしにあこがれるのでしょう。

わたしたち人間は、旅することで、なにかに気づき、考え、社会を変えてきたのだろうとおもうのです。ですからわたしは、種をまきつつ、ときどき旅にでかけます。そんな旅する種まきびとの遊牧生活、いままで、ためこんだ旅のかばんの思い出を、書き綴ってみました。

旅する家族

旅するおうち、旅する台所

学校を巡る旅

旅するわたし　懐しい未来のくにぐに

わたしのことば

わたしの本のなかでは、わたしがひらかなを選びたいものは、ひらかな表記にしてあります。ことばには、気もちがよりそいます。ひらかなには、そういう感情までつたえるちからがあるとおもいます。

ひらかなは、ことばのたましいや、野生をふくみ、いきいきと生きているわたしたちのからだに、のみこまれ、しみわたります。そのときに、ことばのもつイメージとともに、わたしたちは、ことばのたましいをうけとっているのです。

わたしと私。たべものと食物。こころと心。からだと体。

ことばを、記号としてうけとれば、ただ情報が、読めればいいとおもうかもしれません。けれども、ことばをうけとったときに、わたしは、ことばの野生のもつイメージ、感じもうけとってほしいのです。「わたし」というものはやわらかく、いつも変わるべき存在としてイメージされます。「たべもの」は、からだにはいり、わたしたちのいのちのもとになるものとして、イメージできます。どうしても「食物」と書くとショクモツと読んでしまって、それだとまたちがうイメージになってしまうのです。

たしかに、読みにくいところもあるかもしれません。「、」と「。」がおおくて、いやだなとおもうひともいるかもしれません。ひとつ、ひとつのことばをイメージしながら、ゆっくりと読んでくだされば、ことばのもつ、ゆたかな、野生の感覚がきっと呼び覚まされるとおもうのです。

もうひとつ、漢字はおとこ的な感じがするのです。漢詩は中国の儒教の思想とともにあたりまえにうけいれられています。わたしは、漢字は男性的な固い感覚という印象をもってしまいます。ただただ、ひらかながしみゆくように好きなのです。わたしはおんなに生まれてきました。たまたま、じゃがいもが自然のなかに存在するように、ことばは、ひとびとのこころのなか、たましいのなかに、あるような気がしてならないのです。馬鈴薯ではなくじゃがいもとして。

真実、ことばには、ふしぎなちからが宿っています。古代のにっぽんでは、ことだまのふしぎなちからは言霊として信仰されていました。ことだまは木にやどる、精霊のようなものだと、おもいます。ことだまという、たましいにふれると、わたしの野生の感覚がひらきます。ことだまは、ことばをつらぬき、おおきな木に宿る精霊のようなものです。おおきな木の葉がことばです。

さいごに、ことばは音でもあります。ことばの意味だけではなく、音としてのことばに、ことだまが宿ります。やわらかな感性をはぐくんでいくちからをひらきます。ことばを、かなであらわすとき、ことばの根源に、ことばのみなもと、ことばの根っこに、よりちかづき、たどりつくことができるようにおもいます。

本をつくるしごとのなかに校正というものがあり、統一表記で、くくられるのですが、そのしごとのなかで、わたしのことばの感性をなくさないよう、工夫しました。ことばのみなもとはイメージです。ことばにはちからがあると信じています。わたしのことばが小鳥のように、ちいさなはねをもち、みなさんのこころに泊まるよう、ねがっています。

旅する家族

家族という木

畑にかぼちゃのたねをまきました。
わたしのおなかのなかに、
こどものたねが宿っています。
ちいさないのちが、
芽をだし、ふたばをつけます。
やがて、いのちのたねは、おおきくなり、
ちいさな手や足をうごかしはじめます。

常滑のちいさなおうちのまえで。みんなと記念撮影
手づくりのごはんとお酒でお祝いの会をしました

ちいさな細い果樹の苗木を土に植えると、ただの棒みたいな木からちいさな芽がいくつもでてきます。そうしてひと夏のあいだに、枝をはり葉を生い茂らせるんです。家族もさいしょはそんな苗木に似ています。

「畑にかぼちゃのたねをまきました。」ということばをそえて、たねの絵を描きました。この一枚の絵はがきをみんなに送って、わたしは家族と暮らしはじめました。

一九八五年春のことです。陶芸をこころざす小野哲平と出会って、愛知県の常滑のちいさな畑のある、こぢんまりとしたおうちに住みはじめました。ふたりのわずかな道具をもちよって、つがいのにわとりとともに、暮らしはじめたのです。

結婚式はあげませんでした。わたしたちらしく身の丈にあったささやかな集まりを、住みはじめたばかりのおうちでひらきました。手づくりのごはんとお酒。そのときの写真には、おなかのおおきなわたしがもんぺ姿で、四十人くらいの友だちにかこまれてちょこんと座っています。

わたしもテッペイも結婚式はしたくなかったのです。ふたりで暮らすということに意味があったのです。結婚式には古いイエ制度が、いまだに残っているような気がしました。わたしたちの考え方で、結婚式はやめることにしました。

そのことをテッペイの父セツローさんに伝えると、「みんなのつくってくれたお祝いの会に、僕もよんでほしかったな」と言われました。すっかりじぶんたちのことばかり主張してしまい、両親の気もちになってみると、声をかけなかったことが悔やまれました。

わたしの父は、結婚式をしたくないと告げると「もうユミのことは、おんなの子ではなくて、おとこだとおもうから」としずかな抵抗の気もちをあらわしました。

わたしはじぶんの主張しか、わたしの耳に聞こえていなかったのです。こどもが生まれるまえは、じぶんひとりでなにもかも決めて、ひとりで生きていると勘違いをしていました。

何十年と時間がたつうちに、そのできごとにくっついていたものが、ぼろぼろとはがれて、そのときにはみえなかったことが、あざやかにみえてきます。

いま、やっとわたしたちが親になってみると親の気もちまで想うことができるようになりました。もっと、ゆるやかでもいいとおもえます。わたしが、という主張が、うすらいできました。家族とすごし家族によりそうことで、深くたいせつなことがみえてきたからです。

きっとこのとき、家族というちいさな木を常滑の土のうえに植えたのです。ここから「家族という木」の旅がはじまりました。目にはみえないけれど、よりそう木が、はるか遠くにイメージできました。

まもなくおなかの象平が生まれるとセツローさんが「家族の木じゃ」と、愛媛県の松山から一本のいよかんの苗木を持ってきてくれました。ちいさな畑のよこに象平の生まれた記念に植えました。その八年後、鯛が生まれると、こんどはすももの苗木を植えました。

高知に移住すると、栗、レモン、さくらんぼ、あんず、みかん、もも、くるみ、うめ、ざくろ、かりんと果樹の苗をたくさん植えました。

ちいさな苗木のときには、添え木をたてたり、下草を刈ったり、堆肥や灰をまいて、お世話がたいへんです。十五年もするとみちがえるような、おおきな木になって、実をかえしてくれます。おなじように、こどもも幼いころはたいへんですが、いまでは、わたしたちを助けてくれることのほうが、おおいのです。

セツローさんの贈りものの、象平のいよかんの木には、なんと、はっさくの実がなりました。いよかんだとおもって育ててみたら、はっさくの木だったのです。みんなが、ちょっとがっかりしました。そんなこともいまはよい思い出です。ちいさな木は、わすれたころに、おおきな木になって、どんどん実りをかえしてくれます。

家族が、もしいっぽんの木だとしたら、木をみることは、目にみえている木のすがただけではなくて、木のもつ根っこから、みえない木の奥ふかくの、かがやくひかりを、感じることなのです。それは家族という木の土着性のようなものです。そして、この木は二十五年もたって、植えたことすらわすれたころに、やっとわたしのこころの眼にもみえるようになったのです。

旅のはじまり、子育てという旅

こどもといっしょの旅。
アジアごはんをたべて、
バナナの木のしたの水がめで、水浴び。
草の家で、眠ります。
ロバのゆく道をさんぽして、
おおきな象の背中に乗って、
夢みるジャングルの森へ。
子育てという旅のはじまり。

タイのイサーン地方へのはじめての旅

こどもが生まれると、おっぱいとおむつをかえる、まいにち。うちにいても、旅していても、おなじいちにち。だから家族とともに旅をすることにしました。そのほうがわたしもうれしいのです。わたしがうれしいと、こどももうれしいのです。

子育てしているから、わたしのしたいものつくりはできないと、あきらめたくなかったのです。また、子育てしているから、旅することもやめておこうというのも、なんだかわたしを生きていないようです。わたしの出会った山岳民族や遊牧民は、こどもがいても、あたりまえに織ったり紡いだり染めたりしていました。山岳民族や遊牧民は赤ん坊をかかえて、草原を移動します。子育てしながら、生活する、それが彼らの生きかただからです。

こどもが生まれてからも、かれこれ三十年ものあいだおおきなリュックをせおって、こどもを抱っこして、アジアとにっぽんをいったりきたり、遊牧民のような子育てしながらの旅、をしてきました。

もともとこどもは、原始的で野性的で動物的な感覚をもって生きています。遊びたいときに遊び、眠りたいときに、ことんと眠ります。おなかがすいたときだけ、欲しいものをたべるのです。

こどもを育てるときにたいせつにしてきたことは、こどもがこどもらしく、こども時代を生ききることです。海や川や森の自然のなかであきるまで遊びます。するとぐずらずよく眠るし、おなかがぺこぺこになるのでよくたべます。お天気のいい日はおうちのそと、自然のなかで遊びます。雨の日にはおおきなくるくる巻いたハトロン紙に絵を描きました。段ボールのおうちつくりもどんどんつなげて迷路になりました。

森のなかをスースーという犬を先頭に歩く、遊びのなかまづくり、スースー探険隊。「どろ沼」とよぶ、どろんこの水たまりで、水遊びするのです。遊びをまんなかにして、こどもと暮らします。うんと遊んだこどもは元気です。遊びで解放されて、遊びのなかで集中力を養い、こどもらしいこどもになります。

また旅もこどもといっしょのときは、南の島へゆきます。朝から日がしずむまで、海で泳いだり、砂遊びします。すこし大きくなると、たべられる魚や、海藻、貝をとったりして、いっしょに料理します。

そしてわたしたち人間は、こどももおとなも、ぐるりに、息をするもの、動物や植物がいっぱいいたほうが、元気になります。犬やねこ、にわとりやカメやヤギ。生きものの生き死にを感じ、ゆたかな感性を育てます。生きることは、生命力にあふれ、たのしいことだよ！ということが、こどものこころとからだをとおして、伝わります。

けれども、学校に行くようになると、こどもとの暮らしは、いっぺんに変わります。こどもは本来、野生的なので、学校に管理されることをいやがります。学校はみんなとおなじことがたいせつな価値観です。すこしちがっただけで、異端視されて生きにくくなってしまいます。

気がつくとわたしの子育ての暮らしは、旅することに支えられていました。学校に入学すると、いまのこどもたちとおなじような現実にぶつかりました。いじめられたりいじめたり、学校になじめない。学校に行きたくない。わたしの下のこどものクラスは学級崩壊寸前のクラスでした。

そんなとき、わたしは学校教育だけじゃあないって、こどもたちに夢をもたせました。家庭の教育もあるし、社会の教育もあるのです。うちをでて、旅にでかければ、旅する教育もあるし、もっとひろがる世界があるんだとわかります。わたしもこどもも、きゅうくつな学校とせまい家庭のなかだけでは息がつまりそうでした。そんな閉塞感のなか、旅することは、ほんとうにおおきな希望だったのです。

旅するとわたしたち家族の密着した関係だけではなくて、友だち、宿のひと、出会ったすべてのひとびととつながります。社会はつながりでできているという、わたしの感じかたそのものを旅では伝えられます。

いまおもうと旅することがなかったら、わたしたち家族は根をはることがむつかしかったとさえおもえるのでした。家族の木は、風にふかれもしましたが、やがて鳥がいっぱいとまるおおきな木になりました。「家族はやがて木のようになる」とまえに書きましたが、木もじつは旅が好きなのです。ひとつのところに根をおろし、じっとしていますが、鳥にたべられた実は、遠く運ばれます。木は、いつも夢みています。旅する木の夢を。

タイという原郷

ピーという精霊のいるおおきな木。
ちいさな祠のある、草の家。
いのるための、ちいさなぶつぞう。
いつかきたことのある道。
南へ帰ろう。
こころのなかの原郷へ。
懐かしいほほえみのくに、タイランド。

タイの山岳少数民族アカ族の村をたずねました

わたしにとって、ふるさとのようなくに、タイ。はじめて旅したのは、わたしが十九歳のときです。大学の夏休みに父の住むマレーシアへでかけました。父の家のあるペナン島への帰り道にタイにたちよったのです。アジアのまとわりつくような空気。わけもなく、懐かしいような、おおきな南の木。ジャングルのような森。河は水がたっぷりで、たゆたゆとながれています。ちいさな渡し船をこぐひとは農民服。熱帯の太陽のひかりをあびる、しなやかなサロンすがたのタイ人。手首におまもりの紡いだ糸を巻きつけてくれるおばあさん。

こういう南の旅で出会ったひとびとが、わたしのたましいをゆさぶったのです。この旅の感動があったから、懐かしくてなんども南へ、南へと旅するのだろうとおもうのです。

つぎの出会いは一九八三年タイからカラワン楽団が日本公演にやってきたときです。生きるための音楽、生きるための芸術運動というものが、タイにはあるんだというはなしをはじめてききました。芸術のための芸術ではなく、生きるための芸術運動というものが、軍事政権の弾圧のなかから民衆のあいだにひろまったというのです。カラワン楽団に出会って、タイのイサーン地方や山岳少数民族の村へと旅しました。

テッペイとのはじめてのタイへのこども連れの旅は、一歳の象平を抱っこしてでかけました。こどもはおっぱいを飲んでいるうちは病気になりにくいといいます。母親からの免疫がおっぱいにふくまれているからだそうです。象平はハイハイをしていたので、ゲストハウスの床には、ゴザをしきつめたり、汚れているところは、おそうじしたりしました。

けれどもタイ人は、ちいさい子どもを放っておいたりはしません。ゲストハウスのひとが抱っこして、みなでかわいがってくれるのです。

タイ人の子育てには、おどろくことがたくさんありました。あかちゃんはおむつをしていないのです。どうするのかとたずねると、いつもお尻にちいさなハンカチくらいの布をあてているだけです。さらに、よく観察していると、おしっこやうんちをするまえに、あかちゃんの表情やしぐさで、わかるというのです。おかあさん（おとうさん）とおなじときに飲んだりたべたりしていると、おかあさんがトイレのときに、おしっこ、うんちと、わかるんだというのです。そそうすることもなく、ちいさなハンカチひとつで、トイレに連れて行って、水で洗うので清潔です。暑いくになので、たしかにおむつはかわいそうです。

また、船のなかで、電車のなかで、バスのなかで、タイ人はこどもをたたせたりしません。席をゆずってくれるか、こどもをひざのうえに乗せてくれるのです。タイ人はこどもが大好きなので、こどもが泣いていたり、困っていたりすると放っておかないのです。どうして泣いているのか、心配してくれて、声をかけてくれるのです。

タイというくにには、みんながゆるやかに、兄弟姉妹のようであり、家族のようです。イサーンの村をたずねたとき、みず知らずのわたしにも「おなかすいてない？」とたずねてくれて、ごはんに誘われたことがありました。カオニャオというもち米と、おおきなお皿にスープ。レンゲでみんなですくってたべます。けっしてゆたかではないけれど、みなでわけてごはんをいっしょにたべるという、あたりまえのことに感動しました。

いま、わたしのうちにやってくる若いひとたちに、こんどはわたしが、タイ人のように「おなかへっていない？」とたずね、わたしたち家族とごはんをいっしょにたべます。ごはんはみんなでたべるという、わが家のごはんの思想の根っこは、このタイの辺境のイサーンのひとびとに出会った旅から、やってきてはじまりました。

にっぽんに暮らしていると、まいにちなにかに追いかけられているようです。ほんとうは、そうではないのに、ありのままのわたしを感じながら、生きることができないのです。そんなときわたしは、うちがわのじぶんにこっそり「南に帰ろう」とつぶやきます。南のくにタイにいるとこころがゆったり、のんびりとしてやすらかになるからなのです。

タイは、わたしにとって、南に帰るところです。海のようなところ、生命力あふれるおんなのひとのような、原郷であるのかもしれません。いったりきたりする波、地球のふるさと、母なる海のように。あたまのなかの深いところから、わきあがってくるもの。それは、くにというわくをとっぱらった、おおきなところ、母なるわたしの海、アジアというおおきさ、それがタイという原郷なのです。

南の島、こどもと島で遊ぶ

こどもとあそび、
太陽のひかりと。
マングローブの木のしたで。
砂あそび。
貝殻あそび。
たねあそび。
石ころあそび。
葉っぱあそび。
波あそび。
海の贈りもの。

タイの詩人ポチャナと。サメット島の砂浜にて

わたしは、南の島が大好きです。南の島は海からの贈りもの。海はすべての生きものの生まれたところ。わたしたちの祖先は海から生まれたいのち。だから、からだのなかには海にいた記憶がきざまれているのかもしれません。月と呼応する、女性の生命リズムのように。

母なる海は、わたしのからだのなかにも、波のようにうちよせるのです。からだのなかにある海が、満ち潮と引き潮を感じとることができる、からだそのものが海とつながり、海は月ともつながっています。

それにしても南の島にどうしてわたしのこころはとりつかれるのでしょう。南の島はどうしてこんなにもすばらしいのでしょう。

南の島は、うつくしい自然そのものです。

わたしは、母なる自然にふれるために、海や島にでかけます。そうして、しばらくそこにいると、海そのもの、島そのものがわたしのからだであると感じられます。波に浮かんでいると、からだと海がいったいになります。わたしのからだこそが、いちばんみぢかな自然だと、海がおしえてくれます。海のちかくで、ただ、さいしょは、海の波の音を聞き、風を感じ、砂浜を歩くだけです。からだじゅうで、地球のうえ、母なる海を感じます。わたしたち人間は、もともと自然なくしては生きてゆけないのです。自然のいちぶとして、生かされているいのち。だから、自然のなかで、からだの声に耳をすませたり、こころのありようをみつめたりします。わたしたち人間は、こうした母なるもの、海、空、土という原初的なものにふれていなければ、真実生きてゆかれないのです。けれども現代文明のなかでは、すっかりわすれられているのです。

島でしばらくすごすときは、こどもは自然と遊んでくれるので、わたしのうちがわから、でてくることばを紙に書きとめます。わたしの本棚を宿のへやにつくって、砂浜でこどもを遊ばせ、ごろごろしながら、読書します。ときどき、わたしも砂浜にいき、こどもより砂遊びに夢中になって「おおきなにんげん」をつくったりします。しばらく砂でつくるおおきなひとがたつくりに熱中しました。自然のなかにいると生かされているちいさなじぶん、あるがままの、こどものようなじぶんになれるのです。

にっぽんの社会にいると、わたしたちは、じぶんのちからだけで生きているとおもいこんでいます。にっぽんにいるときは、畑の土に触れることで、素《す》のじぶんをなんとかとりもどしているのでしょう。じぶんとむかいあうために、ちくちくしごとのまえに、畑しごとをして土から生命力をもらうのです。土と親しむことは、いのちのくすりです。土がなにかをいやしてくれるのです。土を耕さない暮らし、畑のない生活は、じぶんじゃない気がします。わたしらしく生きる、わたしの根っこは、土のないところではのびやかに生きてゆけないのです。南の島の海にでかけるのは、土と生きることとおなじことなのかもしれません。

こどもと遊ぶためには、まずおとなであるわたしがこころを島に解放されることがたいせつです。わたしがたのしそう、うれしそうだと、こどももその気もちをうけとります。こどもになにかを深く伝えようとするならば、まずわたしのうちがわから島を味わうこと。それができると、こどもは遠浅の白い砂浜でひとりで遊びます。おもちゃはひつようではなく、砂と貝殻と木の実と流木や海辺のちいさな生きもので、ひとりで夢中になります。ときどきわたしも巻きこまれて遊びますけれど。

おとなのわたしも、じぶん自身を海への旅でとりもどしたいのです。島はまるで世界から解き放たれていて、ここにある島の時間だけが、あるようです。島にでかけることは、島そのものになって、わたし自身を呼吸するように、わたしの時間をとりもどすことでもありました。南の島はわたしにとっては、「南に帰る」という開放感にあふれています。寒いにっぽんに暮らすわたしたちは、どうしてこんなに、南の島にあこがれてしまうのでしょうか。もともとわたしたちにっぽん人は、南のアジアの島のほうから琉球弧《りゅうきゅうこ》づたいに、やってきたからなのかもしれません。

わたしたち人間は、いつもこころやたましいの、よりどころを探して、旅しているのです。南の島への旅は、自然のなかで生かされている素の、あるがままのわたしをやがて知るための、気づきの時間でもあるのでした。南の島の自然がわたしに、おしえてくれたのです。旅するのは、いのちをみつめる時間だと。まずわたしから。そしてこどもも。

タイの山岳少数民族をたずねる

山のてっぺんにあるちいさな村。
ひとが綿を植えて、
綿を繰り、
糸を紡ぎ、
糸を染めて、
布を織る。
衣服をつくる。
手のしごと。
うつくしい布、うつくしい刺繍、うつくしい手しごと。

アカ族の村のようす

アカ族のバンクラン村の女性

こどもが生まれ、抱っこして、はじめてでかけたのがタイでした。チェンマイへ山岳少数民族の村をたずねて旅しました。一九八七年のことです。

森の中の山道で、にわとりを抱いたカレン族のおとこの子にばったり出くわしました。その手織り布の手縫いの簡素な衣服に、はっと、こころをうばわれてしまいました。それは手織り布の耳を生かした衣服でした。部族によって衣服のスタイルがちがうので、着ているものでアカ族、カレン族、モン族、ラフ族、リス族とすぐにわかります。それらの民族衣装は手織りの布で、ていねいな手しごとでつくられていました。

チェンマイに着くと、アカ族出身のピックがじぶんの村へ連れて行ってくれました。チェンライへと乗り合いバス、ロットソンテウを乗りつぎ、さいごは象に乗ってバンクラン村をたずねて泊めてもらいました。

村への森のいりぐちに、ひとが乗り降りするための象ステーションが太い木でつくってあります。そこで象使いのひとが、象をよしよしすると、象がひざをつき、ちいさくなってくれるので、背中のかごに乗りこみます。象のあたまの毛のちくちくするところにテッペイがまたをひろげてたづなのロープにつかまっています。わたしは象平をパッカマーという布で抱っこして背中のかごに乗せてもらいました。

象はしだいに道からジャングルのような森へと入ります。わたしの座っている、象の背中のかごのまえには、おおきな木の枝がわさわさと、ぶつかります。ときどき寄り道して、バナナや樹の葉っぱを長い鼻でくるりとつかんでは、むしゃむしゃとおいしそうにほおばります。すると象使いのおじさんにしかられます。

川を渡るとき、泥んこ道がぬかるんでいて岩山のところで象がずるりっとすべったときは、ひやりっとしました。わたしと象平の乗ったかごが、おおきくかたむいたからです。テッペイも、象の首のところで、しがみついています。振動するたびに、おしりが象のあたまの毛で、ちくちくいたいと、テッペイもたいへんそう。おまけに象の耳でぱたぱたと、テッペイは足をはたかれています。それでも象はおかまいなしに、ゆっくりと、のっしのっしと歩きます。わたしも片手はかごのへりにつかまりながら、幼い象平を抱きかかえて必死です。となりではアカ族出身のピックが「だいじょうぶだよ。象はピースフルだからね」と言います。

やがて山のてっぺんの、竹とヤシの葉でできた高床式の小屋が十五軒くらいの集落に着きました。にっぽんの農村のようにのんびりしています。アカ族のアチュー（三十五歳）、アモア（三十二歳）夫婦のおうちに案内されました。ピックの親戚のおうちです。小屋のしたには、にわとりと子豚がいます。この家のこどもは四人。ミサ（十歳）、ミトゥー（七歳）、ミセ（五歳）はおんなの子です。アカ（一歳）がおとこの子です。

家のなかにあるいろりで、アモアとピックが夕食をつくりはじめました。ニンニクをいため野菜を煮込んだスープです。もち米を蒸して家族とわたしたちとでいろりを囲んでたべました。ちいさなうつわ二つにスープが入り、レンゲですくってたべながら、みんなの手にもち米がわたされます。

夜はちいさなランプに明かりがつきました。そとは真っ暗なのに、気がつくと象平はこどもたちと鬼ごっこのような遊びをしてきゃっきゃっと笑って、たのしそう。アモアは「象平がもうアカ族のことばをはなしているよ」と言うのでおどろきました。

とっぷりと夜もふけると、いろりのまわりを囲んで、おとこのへやとおんなのへやにわかれて、ごろんと眠ります。そのまえに「ウドゥタマ、ドーサ、ドーメオ」（アカ族のあいさつ）と、おばさんたちが日本人がめずらしいとやってきて、にぎやかな井戸端会議がはじまりました。そのそばで、七歳のミトゥーが背中におんぶしていた一歳のアカに添い寝して、ついでに象平もいっしょに寝かしつけてふとんに入れてくれています。

十歳のミサが本をひらき、ピックにタイ語を習っていました。この村のこどもたちは学校に行っていないのです。ピックはあたまが良くて、独学で勉強してタマサート大学を飛び級で卒業したといいます。「山岳民族のこどもたちも勉強しなくてはいけない。無知はよくない」と熱く語ります。けれども十歳のミサも七歳のミトゥーも、このおうちの重要なはたらき手です。水汲み、たきぎ拾い、豚やにわとりのお世話、畑、赤ん坊のお世話、と勉強できるのは夜眠るまえだけなのです。

ふくろうのようなウッフォー、ウッフォーという鳥の鳴き声がこだまするしずかな、うつくしい村の夜はふけてゆくのでした。

アカ族の暮らし

草の家の暮らし。
にわとり、黒豚。ヤギ、犬。
ちいさな動物とこどもたち。
自然とともに生きる暮らし。
火を焚く暮らし。
手でつくること。
暮らしがしごと　しごとが暮らし。

上：山のてっぺんからアカ族の村をのぞむ
下：アカ族の村人が集う

朝は木のうすでとんとん米をつく音で、目をさましました。山岳少数民族のアカ族のバンクラン村のあちこちから米をつく音が、同じリズムで力強く、響いてきます。まだうす暗い、太陽がのぼる前から、おんなたちは米をついています。きょうたべる米は、きょうつくのです。米をつくと、こんどは薪の匂いとけむりがたちこめてきます。つきたての米を蒸して朝ごはんをたべました。茄子のヤムと卵焼き。アカ族のつくるお米はにっぽんのお米とよく似ていて、ふっくらとしていました。

おんなたちも、こどもも、よくはたらきます。山から谷底へおりていって水汲み。薪をあつめ、畑を耕し、食事のしたくをします。

おとこのひとのすがたを見かけないので、たずねるとおうちでゴロゴロして竹でかごを編んだりするというのです。これで戦いのない平和がたもたれるとピックは言うのです。おとこがつよすぎるから戦争がおきると。

もともとこの山には国境がないので、焼き畑をしながら、移動して住んでいた山岳民族。彼らにとって、お金は価値のないものでした。自然さえあれば、衣食住がみな自然のもので、まかなわれてきたのだといいます。

ピックはこの自給自足の村にお金が入ってくることで、村はかんたんに壊れるんだと言うのです。じつはピックの家族はすでに村をおりてしまってチェンマイに住んでいるのです。

竹でできた床を見ると、床下には子豚が走っています。よく見ると、象平が山岳民族のこどもたちと遊んでいます。「うんこがでるー」と言うので、あわてておうちをでて、山のしたにおりました。森のなか、自然のなかでしゃがむのです。ちいさな子豚が、ぶひぶひついてきます。

この黒豚がいきなりうんちをたべてくれるのです。おどろきました。畑にかえるならまだしも、豚がたべてくれるとは。そう、ここにはトイレがなかったのです。トイレにでかけるひとは、木切れをもっているのでわかります。木切れは、穴を掘るためなのか、ついてくる黒豚をおっぱらうためなのか。なぞのままです。

村のなかには歩きながら糸紡ぎごまで糸を紡ぐこども、原始ばたで布を織るおんなのひと、おおきな焼きもののかめで糸や布を藍染めするひと、衣服を刺繍するひと、村ぜんたいがアカ族の衣服をつくるしごと場のようです。ちくちくしながら山の畑を耕します。焼き畑でお米や野菜を自給自足していました。暮らしにひつようなものは村のなかでつくります。

その山の暮らしはちいさな家族のわたしたちの記憶にしっかりと刻まれました。家族の衣服、暮らしまわりのものを山岳少数民族のように、手でつくれるものはつくる。暮らしもちいさく、しんぷるでありたいなあとおもうようになりました。にっぽんの山のてっぺんで、山岳少数民族のような暮らしがしたいと、具体的なビジョンが生まれました。その暮らしをどうしたら実現できるだろうかと、夢みるようになったのでした。

わたしがわたしらしく生きること、探していたものがみつかったのです。わたしの「暮らしがしごと、しごとが暮らし」はこの村での暮らしがはじまりです。おなじ地球のうえに生きる山岳民族のように、ちくちく衣服をつくり、種まきし、果樹を育て、畑でたべものをつくり、子育てしながら山のてっぺんのちいさな村で暮らそうと、イメージしはじめました。

山岳少数民族の村の暮らしを見ると、なんだかわたしにもできそうな気もちになりました。ここの生活をじぶんの目でたしかめられたことは、貴重な体験でした。あたりまえの暮らしがありました。旅すると、鳥の目になるからはっきりと、わかることがあります。文明はわたしたちを便利な暮らしへと導いたけれど、逆にどんどんゆたかな暮らしから遠ざかって虚《きょ》となっていったのです。もののないしんぷるな山岳民族の暮らしは文明の反対側です。だから、いま山岳民族の暮らしこそ、世界の主流グローバリゼーションからいちばんはなれた実《じつ》のある暮らしにおもえるのです。

いまわたしがこうしてにっぽんで日々をすごしているあいだにも、タイとビルマと中国の国境ちかくのジャングルには、おおきな自然そのものの象が、象使いとともに、生きている。あのおおきくて、うるわしい象のことを想うだけで、生きているこの瞬間がなにものにもかえられないような、かけがえのないものなんだと、想えること。その想いこそが水晶玉のようなかがやきのあることなのです。あの象の息吹が、呼吸が感じられ、目を閉じるとはっきりと、わたしの脳裏にうつくしい象のすがたをイメージすることができる。

旅するわたしのたからもの。旅することの神髄がわかったのです。

上：ソムタム、ガイヤーン、カオニャオ（パパイヤのサラダ、焼き鳥、蒸したもち米）を売る天秤屋台の前で
下：ノンタブリの市場でかごを買う

旅するおうち、
旅する台所

ナコンパトムのおうち

サラピーの花の咲くころ、
チョンプーの実がなる木。
おおきなぶつぞう。
おおきな仏塔チェディ。
朝もやのなか、ひたりひたりとあるく素足のお坊さん。
やがておおきな仏塔に朝がやってくる。

ナコンパトムのおおきな仏塔のまえでわたしと象平

一九八八年の十月から四ヵ月、タイの首都バンコクから西にあるナコンパトムに古い高床式の木造一軒家を借りました。

音楽するひとがうたうように、旅しながら、ものつくりして、展覧会をひらきたかったのです。一度おとずれただけなのにナコンパトムの街が大好きになりました。シラパコーン美術大学の陶芸科のアトリエを借りてテッペイは陶芸のしごとをすることになりました。わたしはおうちでちくちくつくり、十二月にシラパコーン美術大学のギャラリーでふたりの展覧会をひらく予定になりました。さらに翌年一月、チェンマイのギャラリータップルートでも展覧会が企画されました。

ナコンパトムには、タイでいちばんおおきなチェディと呼ばれる高さ百二十メートルの黄金色の巨大仏塔(パゴダ)が街のまんなかに、でーんとそびえたっています。この仏塔、街のどこからでも見えるのです。

市場がそのチェディをとり囲むようにして、ひろがっていました。市場にはひとびとの胃袋の活気がみなぎっていました。魚をさばくひと、牛や豚を解体するひと、その内臓を洗ってこまかくするひと、ミンチにするひと、土のついた野菜、きのこを洗うひと…。市場でさばき、調理するわけだから新鮮そのものです。

そのまわりに日用品や、衣服や華僑の神さまグッズのお店、電気屋、薬屋がならびます。その通りのまえにはお菓子や名産品のざぼん、そば、お惣菜、肉まん、焼き鳥、生春巻きなどの屋台がならんでいました。

市場はパゴダに参拝におとずれるひとの参道にもなっていて、まいにちたいへんなにぎわいです。屋台のならぶこのあたりには、市場の肉や魚やパクチー（香菜）、ナンプラー（魚のしょうゆ）が混ざりあって、うーっとなる匂いとなって漂っています。匂いのないにっぽんに暮らしていると、この慣れない匂いにおどろきました。けれども、やがてタイの市場の匂いが人間の営みらしい、懐かしい匂いだなと感じるのでした。

ナコンパトムはたいへん古くからある街です。毎朝パゴダのほうから托鉢のお坊さんがからし色の袈裟すがたで、ひたりひたりと素足でやってきます。朝もやのなかからしずかに列をなして、そしてまたパゴダに帰るのです。うつくしくて、思わず息をのむほどでした。そのうしろすがたは目の記憶のなかにとどまっていて、忘れることができません。

さいしょに借りた家は、長屋風につながっている、二十畳ほどのひろさのタウンハウスとよばれる現代版アパートです。ちいさな台所スペースとトイレ兼お風呂がついています。大学にも歩いて二十分くらいで、住みごこちがよかったのですが、となりのおばさんが毎晩「ナーム、シアー」と言ってお水をもらいにくるのです。差し出したホースのさきをのぞいてみると、おおきな水がめにうちの水道からお水をためているのです。タイ語辞典をみると、水道が故障という意味だとわかったのですが、毎晩つづくので、困ってしまいました。また、低いところに建っているので、大雨のときには、床下浸水するのでした。

タイ人の友だちに話すと、パゴダから歩いて三分くらいの街のなかに、サチャポーンさんというおばあさんのおうちの、はなれの一軒家を借りられることになりました。この家は高床式の古くてうつくしい佇まいの木造の家で、床は大理石でひんやりとすずしいのでした。庭にはおおきなマンゴーと、パパイヤ、チョンプーの木があり、実がなっていて「たべてもいいよ」と言われました。パゴダのまわりの市場にもちかくて便利なので、そこに引っ越しました。サムローという自転車の人力車二台で。

こうして一軒家を借りて、好きな街に住むということは、旅が暮らしになることです。その土地にすこし根をおろし、じっくりと暮らすことで、その土地のひとの目の高さにちかづいていくことでした。象平は三歳、ちかくのペンシリ幼稚園に通いました。すこしずつタイ語を覚えて、お気に入りは蚊帳のなかで眠ることでした。サチャポーンさんが使っていない蚊帳を貸してくれたのです。わたしのこどものころには、夏には毎晩、蚊帳を吊って寝ていたことを思いだしました。

まいにちタイの太陽のひかりをたっぷりとあびて、タイごはんをたべて、エネルギーをもらいました。このナコンパトムに住んだ経験は、その後わたしのしごとや暮らしのもとになりました。からだに吸収された記憶は、何でもない日常のなかにふっと、舞いおりてきて、ものつくりの根っこになったり、ものを書くための根拠となるのでした。

はじめてのインド

久遠のインド。
あざやかな色。
まちじゅう、神さまの祠。
祈りの、聖地バラナシ。
太陽と砂ぼこり。
土に根ざした暮らし。
自然と共生する思想のガンジーのインド。

上：母なるガンガーをおとずれた巡礼のひとびと
下：バラナシのガンジス河の舟から見た洗濯風景

生命力のあふれるインド。あまりにも混沌とした土に根ざしたくに。自然と共生するガンジーのインド。一九八九年に三歳の象平を連れてはじめてインドを旅しました。

バンコク発カルカッタ行きは、春休みの卒業旅行のにっぽん人学生でいっぱいでした。そのなかにひげをはやして、髪を束ね、笛をもったおとこのひとがいたので、声をかけてみました。二度目のインドにゆくという、たけし。飛ばない飛行機を一日じゅう、いっしょに待つことになりました。たけしとは旅のはなしでもりあがり、その後にっぽんにもどってわが家の二代目の居候になりました。

つぎの日、カルカッタのダムダム空港にやっと着きました。赤土色の街並みは、さながら中世のようです。人力車がインド製のタクシーアンバサダーとならんで走っています。一歩街へ入ると舗装してない道路が迷路のようです。空港に着くなり、ひと、ひと、ひと。いろんな客引きにリュックや服や手をひっぱられます。あかちゃんを抱きかかえた、おんなの物乞い。口に手をやるしぐさで、たべものがないと訴えます。なかでも手ごわいのは、かごと棒をもったおじさんが「ハロージャパニ」としつこくついてきて、「いい宿があるよ」と言うのです。なんどことわってもついてくるので、とうとう、その宿に行くことになりました。

宿が決まると、こんどはちかくのニューマーケットという市場の案内をすると声をかけられます。なにか言うと「ノープロブレム」とこたえるのですが、でかけると、あとからついてくるこのおじさんにわたしたちは自由をうばわれていました。「ほっといてくれればいいのに」となんどもおもいました。飛行機でいっしょだったたけしに街角で偶然出会うと、きっぱりことわってくれました。わたしたちのような、あいまいな返事はインド人には通用しないんだそうです。いらない、いらないと首を横にふると、それはイエスの意味だというのです。

とにかくインド人の強い性格になれるのが、たいへんでした。買い物の値段の交渉もけんかごしです。交渉が決裂し、買わなかったらうしろから怒りながら追っかけてきます。ほほえみのくにタイからでかけるとほんとうにいちいち、なにごともたいへんで疲れました。

カルカッタからバラナシへゆく鉄道の切符を買うのに、いちにちがかり。銀行に行って両替するのに、さらにいちにち。郵便局へ行って手紙をだすのに、いちにち。いちにちに、ひとつくらいのしごとしかはかどりません。それはゆったり、というよりか、難問つづき。

そうしてバラナシへゆく鉄道にやっと乗りました。そのあいだにも、三歳の象平のたべられるものが、あまりないことに気づきました。すべてがスパイシーで、カレー味なのです。鉄道のなかで、たべもの売りのひとから買ったコロッケパンが、糸をひいているというありさまです。こどもに安心してたべさせるものがないと、はじめて気づいたのです。もうそのときには、象平はおなかをこわしはじめていました。そうなると、ますますたべられるものがないのです。

そんなときバラナシのガンジス河沿いのガートのちかくに日本食がたべられる宿があると聞きました。久美子ハウスというのは、日本人の久美子さんと、にっぽんに留学されていたインド人のご主人がやっている宿です。その宿を探してゆくと、その日は満員で泊まれませんでした。数日待ってやっと泊めてもらい、ごはんとおみそ汁の日本食をたべることができました。久美子さんには「こども連れの旅びとはお鍋やコンロをもって旅しないとこどもがかわいそうだよ」と言われました。ほんとうにそれ以来、わたしたちの旅はいつも、「旅する台所」をもっての旅となりました。ちょっとおなかをこわしても、おかゆができるように、灯油と電気のコンロをもち歩きはじめました。

はじめてのインドは街じゅうがおもちゃ箱をひっくりかえしたようです。染織や陶芸、鍛鉄《たんてつ》、ひとびとが路上でものつくりのしごとをしているのです。おおきなドラム缶で染色しているかとおもえば、ガッタン、ガッタンと音がしてシルクの機織《はたお》り工場。手廻しろくろでうつわをつくるひと。鉄を打ってお鍋をつくるひと。ふいごで熱々の石炭をおこし、鉄を打っては道具をつくるひと。

にっぽんの大量生産、大量消費の社会以前の自然と共生する社会がインドには、たくさんありました。ひとの手でつくられるものつくり。土着的なものつくりがいっぱいのこっているのです。わたしはインドで見るものすべてを吸収しました。インドには行けるひとと行けないひとがいると言われていますが、とうとうはじめてのインドを体験したのでした。

ネパールのカトマンズにて

旅する台所。
お米とおしょうゆ、おみそとだし。
いつものたべものを、こどもたちに。
こどもには、旅する台所がひつよう。
からだにやさしいごはん。
こころもおだやかになる、たべもの。
たべることが、生きること。

ネパールのカトマンズ王宮まえ広場のふしぎな動物像

はじめてのインドゆきは二ヵ月かけて、カルカッタからバラナシ、デリー、ネパールのカトマンズ、ポカラ、チベットのラサまで行く予定でした。

ところが、三歳の象平が病気になりました。熱をだし、おなかをくだしはじめました。病院でみてもらうのですが、原因はわかりません。下痢と高熱がつづくと、三、四日は平熱にもどるのです。だいじょうぶだとおもって、とうとうネパールのカトマンズまでやって来ました。

インドからネパールに来ると、ネパール人のやわらかなひとがらや、ものごしにほっとしてしまいました。厳しいインド人とのやりとりから、救われた感じがするのです。

象平にはまいにち、梅肉エキスとはちみつをあたたかくして飲ませました。ごはんは、おかゆやパン粥をつくってたべさせていました。ときどき、暖炉のあるちかくのカトマンズホテルのベーカリーで、オーブンで焼いたプリンやシナモンロールを買ってきても、すこししかたべてくれません。

熱があるので、だんだんベッドからおきあがることもなくなりました。マザーグースの本（挿絵がスズキコージ）の絵をみせながら、読み聞かせしていたのをいまでも思いだします。手をにぎると、いつもより手がちいさく熱っぽく感じ、このままではだめだと、わかりました。

それでも、わたしは旅をあきらめきれずに、象平はきっと治ると信じていました。「ポカラまで行こう」とわたしが言うとテッペイは、きっぱり、「旅はまた来られるから、もうバンコクにもどろう」とチケットを買いにでかけたのです。わたしたちのチケットはカルカッタ往復だったので帰りのチケットは使われず、むだになってしまいました。結局、象平の病気は、自然療法では治らなかったのです。

さいわいテッペイのこの判断が、象平のいのちを救ったのでした。バンコクのバンコクジェネラル病院に着くと、すぐに車いすに乗せられた象平。腸チフスにかかっていたのです。タイやインドではいまもある病気です。絵描きのワッサンも幼いときにかかったそうです。けれども腸チフスはにっぽんでは法定伝染病でした。隔離されたりしたら、どうしよう。どうなるのかとおもったら、象平とおなじ病室でわたしとテッペイもそのまま、おおきなリュックをもって寝泊まりできました。

すぐに治療の点滴がはじまりました。注射針がなかなか、ささらないので看護婦さんが困っていると、象平がタイ語で「ジェーップ！」、看護婦さんが「マイ ジェップ」とタイ語で会話しているのにおどろきました（いたーい、いたくないの意味）。入院中はタイ人の友だちや、旅で出会った友だちがお見舞いにやってきてくれました。すっかり治るまで十一日間の入院生活でした。

象平が退院した後、こんどはテッペイが数日入院しました。七キロもやせて、げっそりになりました。ちょうど、わたしたち家族とまったくおなじ時期にインド、ネパールを常滑の友だちのみあけちゃんたち三人が旅していました。象平が腸チフス。テッペイは慢性下痢症。みあけちゃんの友だちふたりはアメーバー赤痢。無事だったのは六人中、わたしとみあけちゃんだけでした。からだがかよわく繊細そうなおんなのひとのほうが、意外とおなかは強いのかもしれません。

このときの旅は象平のいのちをかけたような旅でした。腸に穴があいたら、いのちもあぶなかったとお医者さんに告げられました。家族を失うようなことに、ならなくてほんとうによかったと、むねをなでおろしました。真実そういう、ちいさないのちとむきあう旅だったのです。ところが、八ヵ月の長い旅からにっぽんにもどると、わたしはまもなく父を腸閉塞で亡くしました。病院がいっぱいあるにっぽんで、手術できる病院がなく、父は手遅れでいのちを落としました。なんだか理不尽なことでした。にっぽんのような医療先進国で父はいのちを失い、象平はタイの病院で助けられたのです。

わたしは目と眼のあいだの奥のほうで、象平のいのちを救ってくださいとつよく祈ったことを、ふと、思いだしました。そのあまりにもつよい祈りのせいで、まるで、父が象平の身代わりになって、亡くなってしまったかのような気がしました。愛する父のいのちをもらった象平。いのちのバトンをわたされて、いのちがつながりあって生きるってことをインドの旅のつづきで想いました。生きること、生きのびることじたいがまるで旅のようでした。

ポカラのお休みどころチョウタリ

菩提樹の木。
ワッサンピリリという、うた。
うつくしいエベレストの山の神さま。
神さまのいる桃源郷。
土と草の家。
山のてっぺんには、薪のけむり。
青菜のカレー。

ポカラにて。大竹君と象平

どうしてもポカラへ行きたかったので、ふたたびネパールの旅へ。というのは、わたしが友部正人さんの『ポカラ』というアルバムが好きだったからです。象平が六歳のときに願いがかなって、こんどはお米やみそ、しょうゆをもって、病気にならないように気をつけての旅でした。この旅では象平とふたりで、いろんなところにゆきました。テッペイはおなかの調子がわるくて、宿で寝ていたからです。

バスの終点まで乗り、ちいさなモモ（チベットのぎょうざ）のお店に入ると、おなかがへっていたのでふたりで、二皿たのみました。すると、どやどやと道を工事していたおじさんたちがわたしたちのまえに座りました。六人で一皿たのんで、三つのモモをはんぶんに切ってわけ、ふはふは、いいながら、おいしそうにたいらげました。

わたしたちのまえには、ひとり一皿ずつが、やってきたのに、ひとくちたべると、かかっているトマトソースが辛くて象平はたべられずのこしてしまいました。道路工事のおじさんに「うまいか？」とたずねられ「おいしい」と言うものの、もうしわけない気もちでいっぱいでした。

その後、この旅でポカラへのバスでいっしょだった、二十三歳の大竹君という青年に会いました。宿がとなりのへやだったので象平は夜になるとトランプで遊んでもらいました。こどもがいるとすぐ若いにっぽん人と仲よくなります。彼がダンプスへトレッキングに行って、とてもよかったというので、さっそくわたしたちも行ってみることにしました。

ポカラからバスでフェディというところまでゆき、山の道を歩いて、ダンプスの桃源郷のような村に一泊しました。村まで象平が歩けるかどうか、心配だったので、めったに買ってあげないお菓子、チョコレートやキャンディを買って、サンドイッチもつくってでかけました。山の道をシェルパを雇って道案内してもらい、リュックをかついでもらう旅びともたくさんいます。けれどもわたしたちは、貧乏旅行なので、じぶんたちで登ることにしました。

ヒマラヤから流れる石ころだらけの河を渡り、山登りがはじまりました。ダンプスまでは石畳の階段ばかりです。象平はほかの登山者についてゆきながら、きゃあきゃあ、よろこんで、あっというまに登ってしまいました。村にはひとあし早く着いてネパールのこどもたちに、ピッカラポロローと歌をおそわっています。わたしとテッペイのほうが、ひざはがくがくと笑い、足がつりそうでした。リュックが重く、ふーふー休み休み、やっとこさの登山でした。

宿につくと青菜（小松菜のような）のカレーをつくってもらい、たべました。煮炊きはすべて薪のおくどさんです。薪のけむりが目にしみました。翌日は夜明けの四時ごろにおきて、マチャプチャレの日の出を見ました。マチャプチャレのカワタレどきです。深い紫色が、だんだん薄紅色の太陽の陽になって山に反射して、こちらがわも桃色に包まれてゆくのです。太陽の陽があたると、虹色にかがやくのです。桃源郷の村々が、深々と神々しく、山が真実、神さまだということがわかりました。たった一泊でしたが、宝石のようにかがやく記憶になっています。

宿にもどって大竹君に、すばらしかった！と報告しました。そしてにっぽんに帰ったら将来なにをするのかとたずねると、「カレー屋をやりたい」と。その二十年後、展覧会にやってきてくれた大竹君と再会したのです。

なんともふしぎな旅のご縁です。いまでもわが家の旅の写真集のなかに、象平と遊ぶ背の高い大竹君がいます。おおきな菩提樹の木のしたのお休みどころ、チョウタリのまえで、おおきな大竹君と、ちいさな六歳の象平。ネパール人のこどもに歌をおそわっています。まいにち習うので象平は竹の笛でも演奏できるようになりました。

チョウタリとは、インドやネパールで、道をゆきかう旅びとがお昼寝したり、腰掛けたり、くつろいだりする、古いおおきな菩提樹の木のしたの木陰のお休みどころです。旅する人生のお休みどころ。チョウタリでとなりに座ったひとが、カレーの修行の旅びとだったはずの大竹君。彼はいま、逗子や鎌倉、那覇でチャハットという、にっぽんでのチョウタリのような、インドやネパールの手づくりのもののお店を営んでいます。とうとう旅することがしごとになってしまった大竹君。わたしたち家族にとって、旅することはチョウタリのような、お休みどころ。にっぽんの社会をぬけだして、お休みすること。ひとに出会ったり、感じたり、考えるために、ときどきだれにでもひつような深呼吸なのかもしれません。

インドネシアのジャカルタへ
フンちゃんを探しに

あさはやく、街じゅうにひびく、
お祈りのコーラン。
ちいさな屋台とちいさな麵。
クローブのあまい香り。
揚げバナナと紅茶のおやつ。
ごはんはナシゴレン、ミーゴレン、チャンプルー。

木登りをする象平

わが家にはじめて居候したのが、フンちゃんです。大学の卒業制作にわたしのしごと場を建ててくれました。そのフンちゃんがインドネシアのジョグジャカルタ大学に留学しました。フンちゃんを探してジョグジャをたずねました。ところがジョグジャに着いてみると、なんと一ヵ月まえに引っ越したというので、がっかりしました。つぎの住所はわからないけど、リキシャに聞けばわかると大家さんは言います。しかたなく象平と木陰のリキシャのたまり場にでかけてみました。そんなところに行って、どうしてわかるんだろうと、半信半疑でしたが。

そこに行ってみると、おおきな木のまわりに、五、六台のリキシャがとめてあります。リキシャ引きのおじさんが居眠りしている、そのリキシャの座席の横には、なんと、おすもうさんの絵が描いてあるではありませんか！まちがいなく、あのフンちゃんの絵です。すぐさま居眠りしているリキシャ引きのおじさんを、ゆりおこして、「この絵を描いたミスター藤田、ジャパニーズはどこ？」と聞きました。するとおじさんがリキシャに乗れというので、わたしと象平のふたりで乗りこむと、おじさんはきこきことリキシャのペダルをこぎ、土ぼこりの道を走りはじめました。

バナナの木や、おおきな木がたくさん植えてある、一軒家のまえに着くと、ベンチで、なんと、フンちゃんがお昼寝しているではありませんか。「いやあ、夢かとおもった。ユミちゃんと象平がいるなんて」とめがねをかけるフンちゃん。

つもりつもった旅のはなしをして、そのあとはフンちゃんのバイクに三人乗りして、テッペイの待つゲストハウスにむかいました。

つぎの日、フンちゃんの通うジョグジャカルタ大学へもでかけて、フンちゃんの練習しているバリの踊りを観せてもらいました。

ガムランの音楽にあわせて、バリ人みたいに目のまわりを黒く、くまどりして目玉をぎょろぎょろうごかして踊るのです。けれども山形県出身の細い目のフンちゃんには、どうみても似合わないのです。感想をたずねられたので正直に言ったら、フンちゃんはそのあと踊りはやめて、ワヤンという影絵芝居に転向しました。それがいまはフンちゃんのしごとになっています。あのとき、ちゃんと正直に伝えといて、よかったとおもいました。

フンちゃんは帰国後、小梅ちゃんとホケキョ一座を結成しました。ガムラン風の音楽とワヤン風影絵芝居で、いまはこども劇場などで活躍しています。

旅の出会いはふしぎです。もうひとつ、この旅で偶然出会った絵描きのたみさんに、おしっこ療法をおそわりました。六歳の象平を連れてネパールのカトマンズから、ポカラへそしてインドネシアのジャカルタからジョグジャへ、さらにバリまで行こうという計画でした。小学校に入学すると、長旅できなくなるので、さいごの四ヵ月の旅でした。

ところがテッペイのおなかの調子がわるくて、ポカラからもどったあと体調がおもわしくありませんでした。わたしと象平がでかけているあいだも、宿でひとり横になっています。そんなとき出会ったたみさんはおしっこ療法を実践していて、おしっこを顔にもぬって、つやつやしてほんとうに、顔からオーラがでているかのようでした。

「旅って、いつも体調とのつきあいになるでしょ。ぐあいがわるいからって、すぐ薬にたよっていたら、しょっちゅう薬を飲まなくてはならなくなるから、ちょっとのことだったら、じぶんが毎朝だしている、おしっこをおちょこ一杯飲むとね、調子がよくなるよ」と。わたしも、テッペイもそのときは、ぽっかり口をあけて聞いていました。さっそく、ちょっぽりなめてみるとその味は、そんなにいやな味ではなくて、おすましといった感じでした。テッペイが寝込んでいるのに、わたしまでぐあいがわるくなったら、たいへんだとおもい、こっそりおしっこを飲みはじめました。そのあとにっぽんにもどったとき『奇跡が起こる尿療法』（中尾良一著　マキノ出版）という本を読みました。

その本によると喉にあるセンサーにじぶんのおしっこの情報が伝わり、免疫機能をつよくするのだそうです。また、朝いちばんのおしっこにはメラトニンがたくさんふくまれていて、じぶんのからだからでる自然なホルモンがじぶんにあっているので、からだにいいのだと知りました。

インドネシアではじめた旅の知恵、このふしぎなおしっこ療法は、いつでもどこでもはじめられます。このほか旅するお薬にはテルミー温熱療法の道具や葛根湯や梅干し、梅肉エキス、はちみつをもって行きます。でもいつか、からだに不調があったらおしっこ療法と、こころに決めています。

ベトナム戦争をまなぶ旅

わたしのこども時代、
ベトナムで、
ながいあいだ、
戦争がつづいていました。
ベトナム戦争。
くりかえされる、反戦デモ。
にっぽんで、アメリカで。

ベトナムの路地裏の天秤をかつぐひと

わたしのこどものころ、長くつづいたベトナム戦争。おおきなアメリカと、ちいさなベトナムの戦争は泥沼化してアメリカでもにっぽんでもおおきな反戦運動のうねりになってゆきました。

ベトナム戦争を題材にした映画「プラトーン」を中学生だった象平と観てから家族でベトナムにでかけました。

バンコクで飛行機を乗りつぎ、ホーチミンのタンソンニャット空港に着きました。ホーチミンは昔のサイゴン、当時自動車は少なく、バイクや自転車がおおいので、のんびりしているようにおもえました。

さっそく戦争証跡博物館にでかけました。おどろいたのは、そこで観たベトナム戦争の映画です。それはすべて地上から撮影されているので、アメリカ映画のように、うえからジャングルをナパーム弾でだだだーっと爆撃したり、おおきな米軍のヘリコプターがばばばーっと銃で撃ってゆく映像とはまったくちがっていたのです。地上から見ているのは、まさしくベトナム人の目、あたまのうえから爆弾が落ちてくる恐怖でした。こどもたちや農民の逃げまどうすがた。わたしたちが知っているベトナム戦争はアメリカの目線で撮った、アメリカ軍の見たベトナム戦争だったのだと、はじめて知ったのでした。

戦争証跡博物館ではベトナムのひとびとがどうやって、大国アメリカと戦ったのかというのがテーマでした。にっぽんの、べ平連（小田実がはじめたベトナム反戦の市民運動）のおくった旗も展示されていました。農民、民衆のちからが、蟻のようにちいさくても、固まりになって象のようにおおきなアメリカについには勝ったのでした。

ベトナム人にベトナム戦争のことをたずねるとだれもがとても誇りをもってこたえてくれました。ガイドさんも、リキシャ引きのおじさんも。カフェのおじさんも。涙ぐむひともいてわたしも泣いてしまいました。

なかでもクチにある、地下のトンネルの模型に象平と鯛は関心をもちました。東京から静岡くらいの長さがあったそうです。ベトナム軍がこの地下トンネルに住んで戦っていたから勝ったというのです。

さっそくつぎの日、ホーチミンからクチにゆくツアーを申し込みに旅行会社のシンカフェに。翌日の朝早く六時に集合して、みんなでバスに乗りこみました。クチに行く途中にはアメリカ軍の爆撃であいたおおきな穴に雨水がたまって、池みたいにあちらこちらにのこっています。クチトンネルは田舎ののどかな森のなかにありました。アメリカ軍は重さ七トンの地震爆弾（戦争証跡博物館に展示されているSeismic Bomb 百メートル以内のものを破壊し、二、三キロ以内に地震をおこす爆弾）を使って、地下トンネルを壊そうとしました。それでも入り口はほんの四十センチくらいのちいさな穴だったので見つからず、壊れなかったといいます。

「みんなで地下トンネルに入ってみましょう」と案内役のベトナム人が参加者にうながしましたが、白人の観光客は入りませんでした。

わたしたち家族と数人が、ガイドについて地下トンネルにもぐってゆきました。しばらくひざをついてはってゆくと、そこは食堂でした。テーブルといすにこしかけると、ベトナム人の戦争中のたべもの、キャッサバという芋がでました。こどもたちはうまいと言って、ぺろりとたべましたが、ほかの観光客はだれもたべませんでした。

地下トンネルのなかには、病院や食堂や縫製工場や兵器工場まであって、夜中に畑に通って耕していたそうです。煮炊きのけむりが見つからないよう、煙突も河の底にでるようになっていました。

おおきなアメリカに、農民ひとりひとりの民衆のちからでたちむかって、勝利した戦争だったんだなとこどもたちとはなしました。アジアのちいさなくにのベトナム人に尊敬の気もちでいっぱいになりながら、宿にもどり眠りにつきました。窓のしたから路地裏をゆく麺売りの拍子木のおと。

アジアの、わたしたちのすぐそばでベトナム戦争がありました。ベトナム戦争の後、反戦運動のなかから人間復興のルネッサンス、ヒッピームーブメントや手づくり運動やもうひとつの生きかたが生まれました。わたしたちは、もっと人間らしい暮らしをとりもどしたかったのです。テレビのニュースや新聞をとおして、ベトナム戦争のかなしみは、幼いわたしのからだじゅうに染みこんで、不安な気もちを感じながら育ちました。世界じゅうの戦争はこどもたちのこころに影響をあたえます。いまわたしたちにできるのは、こどもたちと、戦争はなぜおこるんだろうと、はなしあうこと。ひとりひとりのこころから、暴力や差別や偏見がなくなるよう、世界じゅうのひとびとの平和を祈ることだと気づきました。

ベトナムでリキシャに乗るわたしと鯛

学校を巡る旅

旅する父、旅する母

父と母は、つながる。
そのまた父と母へと、
連綿とつながる父と母。
わたしたち人間は、旅するたましい。
たましいは永遠に旅をします。
わたしから、またこどもへと。
たねのように。

父と

母と

すべては家族からはじまります。こどもだったわたしは、わたしの父と母に育てられました。こんどは、親になったわたしが、育ててもらったように、育てられた記憶をたどりながら、こどもたちを育てます。

父や母は、つよく、こうでなくちゃと押しつけることをしませんでした。わたしのあるがままを見守ってくれました。あたたかな、あたりまえにあったしみじみとした昭和の暮らし、手づくりの生活は、じわじわ深く伝わると、いまごろやっとおもえるのです。

父と母がいたので、わたしが生まれ、わたしがわたしであることのもとをつくってくれたのだと、いまやっとやわらかな気もちで素直におもえます。それはわたしが親になり、父や母の年齢になったからでしょう。

父はわたしが小学校三年生のときには、台湾、韓国、マレーシア、タイへとしごとで単身赴任していました。勤め先の染織会社の海外進出とともに、アジアのくにぐにとにっぽんをいったりきたり。わたしたち家族は当時京都の山科に住んでいたので、伊丹空港まで父を見送りに行きました。

父はＪＡＬのマークのかばんを肩からさげ、おおきな革の旅行かばんを赤帽さんにもってもらって、意気揚々と、台湾へでかけたのでした。わたしはかえり道、妙にこころがすうすうとして、さみしかったのでした。

父からもらったものは、懐のおおきな愛でした。そして本を読む愉しみ。父の書棚から、こっそり宮沢賢治や高村光太郎の詩集、ボーヴォワールの『第二の性』、堀田善衛の『インドで考えたこと』、金子光晴の『マレー蘭印紀行』を借りて読みました。父もまた本の虫でした。

ある日、父はアジアのくにぐにの写真をスライドにして見せてくれたのです。はじめて旅する父の目になって記録をみたような気がしました。「ゆみちゃん、地球というのはひろいもんだよ。ここだけが社会じゃあないんだよ」と言ったことばをわすれることができません。

母からもらったものは、手でつくるよろこび。ダ、ダ、ダーっと足踏みミシンをかける母。そのミシンのしたで、おおきくなったわたし。ちいさな布のかけらを集めて、ちくちくしたこども時代。母がつくるものは、わたしのワンピースや弟のズボン、シミーズやパンツまで。ささやかな、家族の衣服をつくる暮らしがあったのです。小学校六年の夏休みにはムームームーという簡単服をじぶんの手で縫いました。完成すると着ることができて、すばらしく満足しました。母はこどもにおしえるのがじょうずだったのです。

梅干し、らっきょう、漬けものつくり、いまでは懐かしい昭和の時代です。買うより、つくる暮らしがあたりまえでした。母はむじゃきなこどものようなひとで、いっしょに川に入ってめだかをつかまえたり、田んぼでおたまじゃくしやげんごろうをすくったりしました。つくし採りやぎんなん採りに、野山のなかで採集しながら遊ぶことをおそわりました。

父と母は、もうすでにこの世にいないのですが、ふたりは旅にでているとおもうことにしています。宇宙の銀河へ旅にでたのだろうと考えると、すでにかたちはなくなっていますが、からだからはなれた、たましいが旅するのだとおもえるのです。

父と母が亡くなってしばらくして、こうおもえるようになったので、気もちがおちつき、やっと、いつものわたしをとりもどせました。家族の喪失感でわたしを見失っていたとき、あたらしい家族のテッペイがこんどはわたしを支えてくれました。家族というものは、ことばでつながるものではないのです。しずかに手を背中にあてるだけで安心したりするものです。わたしの父母はあたたかく、けれどもいつも一歩ひいたところで、こどもを信じて見守りつづけてくれました。子育てでたいせつなのは、このように、すこしはなれたところから、見守ってゆくことがいいのだと、ずいぶんあとになって理解できたのでした。

アジアを旅して、にっぽんにもどると、なにもなかったかのように、にっぽんの時間がすぎています。わたしのすごしたインドの時間は、からだのなかに刻まれ、インドの熱風や砂ぼこりはいま、こうしているあいだにも、デリーの街角にほんとうに存在するのです。おなじように、時空を超えて父や母のからだも、たしかにあのとき、あたたかく感じられ存在したのです。いまはなくなってしまったのだけど、記憶のなかにいきいきと感じられ、生きています。父と母は気がつかないところで、いまも脈々とわたしの記憶のなかに生きているのです。わたしはひとりでできたものではなく、このからだをながれる熱いものが、ちくちくや畑へ旅へと、つきうごかしてわたしをかたちづくっているのかもしれません。

家族ってなんだろう

家族ってなんだろう。
わたしのもと。
暮らしのもと。
こどものもと。
こどもは、木の実。
家族は土、ふかふかの養分。
すべてのはじまりは家族から生まれる。

旅する家族。南のタイ、ソンクラーの海辺の宿

家族ってなんだろう。わたしとテッペイとこどもたち。

家族はまずテッペイとわたし、ふたりがどうむきあうのか、ということからはじまりました。

つれあいである、わたし。おかあさんである、わたし。そして、わたしがわたしを生ききる、わたし。

わたしもテッペイも、父が社会ではたらき、母は専業主婦の家庭に育ってきました。わたしは、テッペイとふたりで子育てしながら、わたしもしごとをして、気もちよくていねいに暮らしたいとおもいました。けれども、おとこもおんなも、ふたりがはたらき、家のしごとと子育てをしながら、どうしたらうまく分担ができるのか、どうふたりの関係をつくってゆけばよいのか、なかなかわからなかったのです。まわりに、いいお手本がなかったので、自分たちでつくるよりほかになかったのです。いまこそ、あたらしい家族論がひつようなのだとつよくおもいました。

おんなのひとが、子育てもしごともできる、あたらしいおとことおんなの関係をつくることがあたりまえにできたとき、この社会の未来はおおきくかわり、家族のありかたが家族の文化として根づくのでしょう。

そもそもいまの時代、家族のかたちがおおきくかわってきています。おんなのひとがしごとをもち、家族のありようもさまざまです。ゆるやかな、個がみとめられて、核家族が主流になり、みんなでひとつの鍋のものをたべるという、食卓がなくなり、個食になっているのです。みんなの個がみとめられるのはたいせつですが、一方で家族みんながつながっているような求心力を失ってきたのでしょう。家族がばらばらになるということは、そういうことです。

家族がみんなでごはんをたべることが、たいせつだと、わたしがおもうのには、わけがあります。こどものころ、父がアジアへ単身赴任中、母が入院してわたしと弟のたべものがなくなった経験があるからです。そのときはじめて家族でともにたべるごはんが、いかにたいせつなのか、わかりました。たべものがない、生命力のおおもとがなくなると、じぶんを生きる強い意志がもてなくなるのです。たべものがないだけで、精神力がへこたれます。家族はたべものをとおしてつながっていると、はっきりわかりました。おなかがいっぱいになる、栄養がとれるということだけではなく、たべものは生命力という、こころのよりどころ、になるということに気づきました。

家族がいっしょに暮らす意味は、ごはんをいっしょにたべ、自立しながらより添って、わかちあい、助けあって生きる、相互扶助にあるんだとおもいます。ひとはひとりでは生きられないのですから。

わたしは、あらたな家族の時代をつくりたいのです。わたしを生ききるために、戸籍にしばられた家族やイエ制度ではなくて、核家族でもない、いまの時代にあった、わたしたちの関係性をゆるやかにつくっていこうとおもいます。助けあって生きてゆく家族は、血のつながりや、結婚している関係にしばられなくても、居候や、お弟子さん、旅びと、友だちもふくまれているのが、ゆるやかでいいのです。もちろんおおきくなったこどもたち、おじいちゃん、おばあちゃんも。いっしょにはたらき、ごはんをたべることで、家族が生まれます。それが、やがてあらたなる家族の関係につながってゆくと信じています。

このようなひとりひとりの集まった、ひとつの家族からはじまる経済もあるとおもいます。いま畑しごとをしていると、こういうときに、おじいちゃん、おばあちゃんの手があればなとおもうことがたくさんあります。ちょっとした、ちいさなしごと、ねぎの根っこをとったり、にんにくの皮をむいたり。里芋のひげ根をとり、川で洗ったりするしごとがたくさんあるのです。農的生活にはおおきな家族がひつようなのです。ちいさな自給自足経済をこころみようとすると、ひとりやふたりの核家族では、なかなか実現するのはむつかしいのです。土に根ざした土着的な経済は、家族というちいさな単位でこそ実現可能だとおもうのです。農的、土着的家族がやがて、村の経済をつくり、地域の経済をつくります。これからの社会は、ちいさな村や家族単位で自立できる経済へむかうような気がします。たべものの自給のように、電気などのエネルギーやこどもが学ぶ学校の自給が実現できるようになるとき、わたしたちはもう、くにや政府に依存するひつようがなくなるかもしれません。

わたしの子育て

こどもは、未来。
未来は、こども。
こどもと、いっしょ。
たべること、ねむること、暮らすこと。
まいにちの暮らしを紡ぐこと。
未来を紡ぐ、しごと。
いのちのしごと。

インドネシア バリ島、ウブドの市場

わたしの子育ては、こどもがおなかのなかにいるときの、ふしぎな感覚からはじまりました。それまでいろいろ学んできた、からだのこと、マクロビオティックや東洋医学やヨガや野口整体やラマーズ法、シュタイナー教育など…。あたまでわかっていることがぐらぐら壊れてしまうくらい、はっとした感覚でした。それは、わたしのからだの、うちなる声うちなる自然との出会いでした。おなかのなかに、こちょこちょする生きものが生きている感触のふしぎ。わたしが呼吸すると、おなかのいのちもとくとくと、脈打つ感じ。からだはすべてをほうりなげて、こどもを宿し、はぐくむことに集中します。そのからだの感覚こそが自然そのものだったのです。からだの奥底から母なる地球ということを、深く深く理解した瞬間でした。お産はまた、自然、海、月、太陽、地球、すべての宇宙、銀河とつながっています。こういうことが、こどもを産むことで、からだの奥でわかるというふしぎな感覚を得たのです。

こどもは、ひかりかがやく存在です。生まれたてのみずみずしい皮膚、つやつやしたひとみ。からだじゅうからひかりがでています。けれども現代の社会では子育てするのはたいへんです。それはおとな社会の反映がいまのこども社会だからです。こども社会のいじめの問題は、おとな社会の競争至上主義の結果かもしれません。おとなの社会がまず変わらないと、こどもの社会がよくならないのです。こどもは家族のなかでおおきくなり、やがて社会のこどもになるのです。なのに、夫婦ふたりの核家族での子育てはわからないことだらけでした。むかしは大家族のなかでこどもは育ちました。まわりにいろんなおとながいると、助けられます。子育てには、助けがひつよう。また、こどもはひとりではなくて、群れて育ちあう、こどものなかまがいるのです。じぶんのこどもだけをだいじに育てても、だめだとわかりました。こどものなかまごと育てることを、ひきうけなくては、こども社会を変えるのはむりです。だから遊びのなかまづくりにもとりくみました。けれども、一方で現実に目をむけると、どんどん個別化してゆく社会、そんな無力感のなかでわたしの家庭でだいじにしてきたのは、自然のなかでの遊びや旅することでした。

おうちでできることは、いっぱいありました。『七歳までは夢の中』（松

井るり子著　学陽書房）のシュタイナー教育の実践では、こどものまわりの暮らしは、うつくしいものでつくります。木のおもちゃ、どんぐり、まつぼっくり、木の実などの自然のものやフェルト、布。段ボールに布をはって、ちいさなおうちをつくりました。台所に、遊べるこどもの台所をつくりました。こどもは七歳くらいまでは、空想やぼんやりとしたイメージのなかに暮らしています。できるだけ具体的なことではなくて空想のおはなし、ものがたりにして、聞かせてあげます。そして自然のなかでおもいっきり遊べるように、まいにちさんぽしたり、木登りしたり、森を歩いたり、島の探険ごっこをしたりしました。

こどもと旅するときは暮らすようにすごし、あたらしいくに、ことば、習慣、社会に、どきどきし、探険のような気もちで家族みんながたのしみます。こどもの成長は待ってくれなくて、すぐにおおきくなってしまいます。旅は学校に代わるたいせつな学びの時間なのです。旅しながら、こどもの不登校に悩み読んだのが『脱学校の社会』（イヴァン　イリッチ著東京創元社）です。社会が学校化というシステムに依存するんじゃなくて、ひとや旅から自ら学ぶということにとても共感しました。たべものをつくるように、保育や教育もじぶんたちの手で、自給自足できるんではないかとおもいました。けれども、わたしが理想的とおもっていた、こどもの環境や子育てが社会との隔たりの壁にあたって、板挟みにあっているのが、まさにこどものような気がしました。こどもはこども社会があって、なかまの価値観があるのです。それがわたしの想いとおおきくちがうこともあるのです。不登校の原因を探し、白黒はっきりさせることではないのです。わたしの考えがもうすこし、やわらかくなり、こうでなくちゃということから、ぬけでなくてはいけないのだと、悟ったのです。子育てを変えるべきなのは、こどもではなくて、わたし自身なのでした。子育てを経験しとおして、こんどはわたしが変わるときでした。きっと子育てを経験しなかったら、このまま妄信的にじぶんがいいと信じたことへつきすすんでいたとおもいます。そして、もっと根っこのところで、みんながわかりあうこと。理想よりも、こどもと共有する、いきいき生きてゆくための子育ての道すじがだいじだとわかったのでした。

学校ぎらい

学校なんてだいきらい!
こどもとなかま、
こどもと先生。
こどもと学校のあいだで。
わたしはゆれる。
こどもは自由。
暮らすこと、遊ぶこと。
生きのびること、智慧そのものを学ぶ。

カレン族のシャツを着た象平

「がっこうにいきたくない！」

小学校一年生の春、ある朝、したをむいて言う象平に、わたしは「だめだよ。行かなくちゃ。さぼっちゃだめだよ」とこたえる。なんどもそういうやりとりが、くりかえされました。

いまにも泣きだしそうな顔で訴えるので「じゃあいっしょに行こう」とうながして、くるまに乗りこみ学校までたどり着くと、教室に入りたくないと保健室へ。象平には目のまばたきからはじまり、ふるえるようなチックという症状がからだにでていました。どんどんひどくなるので、小児科、精神科へと病院に連れて行くのですが原因はわかりません。学校へ行きたくない理由をことばにしないので、いじめられているのかどうかもわかりません。どうしようもない、まいにちがつづきました。

こういうとき、こどもはなにも言わないのです。わたしは担任の先生ともなんどもはなしあうのですが、こどものおかれている現状を想像するよりほかになく、いったい学校でなにがあるのか、どうしたらいいのか、わからないことだらけです。はじめて教育の現場、学校というものとむかいあわなくちゃならなくなりました。

学校は家庭になにか問題があるといい、家庭は行きたくない場所が学校なんだから、学校になにか原因があるのではないかと、行きたくない理由探しにあけくれました。あまり親がむりに学校へ行こうと誘うと、こんどは親子関係も壊れてしまいそうです。「行きたくなーい」とこどもが言うと、まず「そう、行きたくないんだね」とうけとめる。そういう会話で、こどもを素直にうけいれることも知り、学びました。いきなり、こどものことばに、だめ！と否定してかえすのではなく、気もちをうけとめてから「そうだね、今日は行きたくない気もちなんだね」、それから「あしたは行けるよね」とこたえてみるのです。むりやり行かせた日には、やっぱり緊張するので、チック症状がひどくなりました。わたしもテッペイも「学校に行かなくて、うちにいてもいいよ」という覚悟ができずに、ただ途方に暮れ「そうだよね」運動をくりかえしながら模索していました。

いまでも春キャベツがでまわるころになると、象平の好きなロールキャベツをつくりながら、このころの悲しい気もちを、思いだしてしまいます。

不登校が、半年くらいはつづきました。九月の運動会の日も保健室登校でした。わたしのほうがはずかしいとおもうのですが、象平ははずかしがったりせず、どうどうとしているのです。

まわりの友人も、あまやかしすぎでは？とか、むりやり学校においてきちゃえば？と言うのですが、先生やわたしがつよくうながすほど、チック症はひどくなるのです。チック症状がでていなければ、そういうこともできたかもしれません。むしろ親子の信頼関係をたいせつにして、さいごは家庭でうけとめようとわたしもテッペイも覚悟しました。

学校に登校するなかまと家がはなれていて、なじめないのではとおもいました。それで、みんなの集まるバス停にでかけていって「象平のおうちにおいでよー」と声をかけました。ひとり、ふたりとこどもがうちに遊びに来るようになりました。犬やにわとり、ヤギがいたおかげで、象平はこどもたちの人気ものになり、どろんこ遊びをちかくの池でしたり、粘土の斜面にいらない畳をしいたり、ロープをかけて遊べるようにしたり、カレーライスや夏みかんジュースをつくったりしました。象平が学校を休むと、なかまのだれかがやってきてくれるようになりました。大曽公園からもらった子ヤギのクスクスが、おおきくなるころには、すこしずつ学校に行けるようになりました。

当時、象平はひとりっこだったので、うちではおとなのわたしやテッペイとつい、むきあいすぎてしまいます。犬のスースーやヤギのクスクスやにわとりの存在が象平にはよりどころでした。逃げ場がだいじです。口うるさいおとなばかりでなく、共感してくれる居候のたけしやフンちゃんもたいせつな存在でした。でも、おとなのなかだけで育つこどもにはしたくなかったのです。象平にはもうひとりなかまがひつようだったのです。家族の目、わたしとテッペイの目があまりにも象平に集中しすぎていたのです。

そんなとき、なかなかできなかったふたりめのこどもがやってきました。わたしのおなかに、あかちゃんを宿したのです。ああ、神さまはいるなと、直感した瞬間でした。すばらしいタイミングでした。象平になかまができたのです。生まれてきた弟には大好きなくにのなまえ、鯛（タイ）と名づけました。

学校を巡る旅ー教育の自給自足

もうひとつの学校。
タイのこどもの村へ。
こどもがつくる学校。
こどもによりそい、こどもが主役。
こどもを学校にあわすのではなく、
学校をこどもにあわせる。
未来へ、生きるための智慧をこどもにつたえる。

おとこの子七人を連れて南の島の探険

学校に行けない象平のために一九九二年の夏休み、とうとうタイまで学校を探しにやってきました。カンチャナブリにある、こどもの村学園という学校をたずねる旅です。カンチャナブリの駅からローカルバスで、一時間くらいの森のなかにその学校はありました。

こどもの村学園はタイでは「ムーバーンデック」とよばれています。イギリスのサマーヒルという学校をつくったニイルの教育思想の影響をうけ、自由な教育の実践をしています。学校の主役はこどもたち。こどもたちが主体的に先生たちとおなじく、議論してものごとを決めます。学校に行きたくなければ、行かなくてもいい自由がみとめられているのです。

こどもたちは、孤児だったり、家庭崩壊や貧困などの問題をかかえていたりして、ここに預けられています。八十人くらいのこどもが森のなかにてんてんとある、ちいさなおうちに、こども十人くらいと、おとなの先生が三人くらいのグループにわかれ、家族のようによりそって暮らしています。

午前中は勉強、午後からは陶芸、染織、大工、舞踊など将来役に立つような技術を身につけます。学校がおわると、それぞれのおうちで畑もやっていて、福岡正信さんが自然農の畑の指導にやってくると聞きました。勉強だけではなく、ものつくりや畑しごとまで、こどもたちが社会で生きてゆくための智慧を学び、生きるちからをそだてる学校だなと感じました。

午後三時になるとおやつをたべて、こどもたちは学校の裏の川にいっせいに飛び込んで、水遊びをはじめます。ほんとうにたのしそうに、自然の川といったいになって、おもいっきり遊びます。

夕方はそれぞれの家にもどって畑やごはんのしたくや家事をみんなでやります。わたしたちも日本人の山本さんという先生がいるおうちに泊めてもらいました。夜遅くまで先生がこどもたちと将来の進路について真剣にはなしあっていました。まるで、家族のようによりそって。血はつながっていないけれど、もうひとつの家族だなとこころにのこりました。

ここに、わたしは染織、テッペイは陶芸のボランティアとして移住して、象平もこどもの村に通えばいいのではないかと、じつはおもっていたのです。ところが、じっさいにやってきてみると、こどもたちは、象平がわたしと手をつないでいると、手をつなぎたくて、みんながわたしの手をにぎりにくるのです。象平が、わたしの背中によりかかると、こどもたちがみんなやってきてよりかかるというように。こどもたちは親子のスキンシップに飢えているのです。だから象平のまねをしながら、わたしに甘えてくるのです。虐待をうけたり、親がいなかったりと、こころに深いきずをおっていて、こどもたちはおとなの愛情をたくさんひつようとしていました。きっとわたしたちが親子でこどもの村にいると、そういうことがたいへんなのだとわかりました。愛情のとりあいのようなことになってしまうのです。象平はまだ、一年生なので、おかあさんをとられまいとして、やきもちをやいたり、怒ったり、泣きだしてしまいました。

おまけに雨期がながびいていて、マラリアが発生していることもあり、あまり長期での滞在はできません。四泊してバンコクにもどりました。

こどもの村での体験は、もうひとつの自由な教育との新鮮な出会いでした。もし学校に行けなければ、こうした自然のなかで、まだできることがあるような気がしました。教育を探して歩くのではなく、自分たちの手で教育の自給自足ができるのではとおもったのです。わたしのやっている染織、テッペイのやっている陶芸、畑、たべものつくり。自然のなかでの遊び。いま暮らしのなかでやっていることを、こどもたちに伝えよう。そうして常滑にもどって、ちいさな森でこどもの遊びのなかまづくりをはじめました。こどもの村のような、もうひとつの教育の自給自足を実践しようとおもいました。

学校のない土日休みのときにお泊まりしながら、うちのまわりの森で遊びます。ごはんはなにがたべたいのか、こどもミーティングで決めて、みんなでつくります。ヤギやにわとりの世話をしたり、夏みかんを木登りして採って、夏みかんジュースをつくったり、マーマレードをつくったり、柿酢、みそをつくったり、おやつにクレープをつくったり、石けんつくりもしました。だれかがなかまはずれになったり、ケンカがはじまると、こどもミーティングで仲直りします。このように、こどもをまんなかに、主体的にかかわらせたなかまづくりをすると、こどもだけで、はなしあって解決するという異年齢の遊び集団が育ってきました。そうやって、なかまができると象平もだんだんと学校に行けるようになっていったのです。

もうひとつの学校、自由の森学園

「生きる」といううた。
こどもたちのうたう合唱。
こどもも、おとなも、
みなが感動して、
なみだがあふるる。
こころゆさぶる、うたごえ。
自由の森の教育。
未来につながるこどもたちへの、贈りもの。

自由の森学園の北寮の鯛の部屋にて

わたしはふたりのこどもたちの学校とは、できるだけかかわってきました。ところが学校は個性を育てるより、管理しやすい、社会の一員になるための教育があたりまえになっているのです。学校には疑問を感じることがいっぱいありました。わたしのこどものころと、ちっとも変わっていない管理教育や偏差値教育、いまの学校教育そのものに、だんだんあきらめの気もちがおおきくなってきました。

中学校では靴下は白か黒と決められています。下の子の鯛は白と黒のしましまの靴下をはいてゆきます。学生服のズボンのすそをくるくる巻いて、半ズボンみたいにして靴下の色を見せています。鯛はすでにじぶんのあたまで考えたり、感じたりしています。けれども学校は校則で管理したり、しばりつけたりするので当然、反発します。

そんなとき、たまたま鯛の好きなハナレグミの永積 崇君がやってきました。鯛のはなしを聞いて「ボクの行った学校は自由で、制服がなかったよ。そこ行けば?」とすすめてくれたのが自由の森学園でした。

さっそく春休みに見学に行きました。「なあんだ、校舎は普通の学校みたいなところだな」と東京と高知の遠さにもおどろいてあきらめました。ところが秋になり進学したい高校がないので、もういちど見学したいと言いだしました。そこで、わたしがしごとで東京にでかけるときに、鯛といっしょに公開授業と音楽祭にでかけました。この授業が考えさせるために練られた授業でした。「新聞にこんな殺人事件があったんだけど、記事見たひといる?」と先生が質問すると、手をあげるひとがちらほら。ひとの記憶はあいまいで、警察に問われると、そうかなとおもってしまう心理。誘導尋問にあうみたいに、こどもだけではなくて、保護者までがだまされてしまいます。たまたま現場にいた不登校のこどもが犯人に仕立てられてしまったという十年まえの免罪事件の真実をあかすのです。そしてさいごに日本国憲法は、わたしたちみんなを守るためにある法律だと身をもって学ぶのです。

この学校の音楽祭もすばらしいものでした。高校三年生の合唱、谷川俊太郎が詩を書いた『生きる』という歌に感動し、なみだがあふれてしまいました。歌でこんなに感動したのははじめてです。

鯛は三年間ですっかり変わりました。学校や寮の行事に積極的にかかわり、さいごの音楽祭では司会をするというので、家族がみなおどろきました。じぶんに自信がもてるようになったのと、じぶんのことばがもてるようになったことがおおきかったようです。学校の行事は音楽祭も入学式も卒業式もこどもたちの手で運営されていて、工夫がありたのしいものでした。こどもたちの自主的な運営、手づくりの表現は、おどろきの連続でした。学校生活では成績表はなく、試験もありません。成果は点数ではなく、どこまで学んだかは先生との面談やレポートでわかります。

とくに韓国についての学習では、在日一世のおじいさん、おばあさんのおはなしを聞いたり、北朝鮮の学校と交流したり。八月十五日の独立記念日の式典に参加するためにソウルを旅したあとは、竹島についてじぶんの意見をはなすようになりました。そのほかにも、山口県の上関原発の建設に反対しているひとびとをたずね、祝島でのひじき採りを手伝ったり。関心のあることにはすすんでじぶんの目で見て感じ考えているようです。

いちばんの感動は、やはりさいごの音楽祭でした。高校三年生の合唱『生きる』をからだをおおきくゆさぶって、からだじゅうで、うたっているのには、こころがふるえなみだがあふれでてしまいました。音楽でなみだがあふれて感動するなんて、そんなにあることではありません。なぜなんだろう、と、校長先生や卒業生の母や高校生にたずねてみました。この感動が自由の森学園の教育の成果だと語るひと。こどもたちがうたわされているのではなく、自らの意志でうたいたくてうたっているから、たましいがゆさぶられるのだろうというひと。鬼沢校長先生は、こどもたちがじぶんでいいんだよ、この生きかたでいいんだよと、なかまたちと、みとめあい、じぶんを肯定することができるようになって、そういうつながりが伝わるからでしょうとおっしゃっていました。学校は校舎でも先生でもなく、あくまでもこどもと言われたのに、はっとしました。こどもたちの、みずみずしい、のびやかに生きるすがたが歌の詩とかさなって感動するのです。

こどもが主役のもうひとつの学校、自由の森学園と出会えて、わたしはもういちど、もうひとつの教育の可能性を信じることができました。

上：インドのいちばん南の海岸コバラムの宿にむかうところ
下：インドネシアのバリ島ウブドの宿にて象平が写す

旅するわたし
懐しい未来のくにぐに

わたしのこころとからだをゆるませる、アーユルベーダ

地のエネルギーは、からだ。こころの安定。
水のエネルギーは、からだを巡る水。免疫。
火のエネルギーは、あたたかな体温を。消化。
風のエネルギーは、動きをつかさどる。呼吸。
空のエネルギーは、気のつながりを。思考と感情。
宇宙からやってきた五つの自然。
宇宙とつながるからだ。

インドのサドゥ（修行僧）とわたし

バラナシの路上にある神さまの祠

ちいさなこどもとの旅がおわり、こどもがおおきくなったのでインドにまたでかけたくなりました。友人のひできさんと十一歳の鯛、テッペイといっしょです。幼いとき腸チフスにかかった象平はインドへは行きたくないと言いました。インドの東のチェンナイ（マドラス）のがらーんとした空港で、ちいさなプロペラ機に乗りかえ、椰子の木のプランテーションのうえを飛び、ケララ州トリバンドラムに着きました。

ここはインドといってもデリーから二千キロ。南のさきっちょです。南インドは植物の緑が、椰子のプランテーションの緑が、ぴかぴかしてひかりにあふれています。湿度がたっぷりある南ではたべもののもチャパティやナンのような小麦粉ではなく米をたべます。北インドの厳しい顔とはちがって南のひとはにこにこして暮らしぶりものんびり、おだやか、ゆったりしてます。インドの北と南ではとてもおなじくにとはおもえません。

この旅ではアーユルベーダという民間療法を体験しました。インド五千年の歴史のアーユルベーダとは生命の知識という意味だそうです。土、水、火、風、空の五つの要素のバランスを体質によって治療します。泊まっている海岸の安宿に併設されている一週間のコースを予約しました。べろの色や、まぶたのうら、目玉、脈拍などをしらべます。アーユルベーダは民間療法といっても、にっぽんの漢方のように、かなりちゃんとした病院もあって医療として確立しています。

まいにち素肌になって貸してくれるふんどしを身につけて、古いおおきな無垢の木の台のうえによこたわります。うすぐらいへやのなかで、リンパのマッサージ。わきのしたや足のつけ根などリンパの流れがよくなるように、足から心臓にむけてマッサージします。うっとりするほどやさしくて、おもわず、うとうと眠ってしまいました。

シロダーラはまた格別気もちいいものでした。夢かうつつか、現実のものとはおもえないほど覚醒するのです。ふしぎな身体感覚でした。なまあたたかい、天井からつるされたつぼのなかのごま油が、眉間のチャクラにおとされます。それが髪をとおしてあたまぜんたいに流れてゆきます。まぶたをあたためるように、目玉のうえも、油を入れたカップでおおいます。たしか短い時間、けれども一時間ものあいだ夢をみたような体験でした。たしかにわたしなのに、からだが浮遊しているかのようでした。

施術がおわると、からだについたごま油をとりのぞくために、木の箱に首だけだして入ります。その箱のなかには、圧力鍋の弁からあたたかい水蒸気がおくられます。その手づくりなスチームバスがあまりにインドらしく、おもちゃのようにしんぷるなのです。おもわず、ひとり、はだかで、うふふふと、ほほえんでしまいました。

午前はアーユルベーダの治療をうけるので、午後からはなんだか、からだはゆるゆるした感じでした。砂浜で夕方まで本を読んですごします。鯛はボディボードを借りて波に乗るのに熱中しています。太陽は赤道直下なので、ひざしはつよく、すぐ日焼けしてしまいました。

からだもこころもなくなっちゃいそうなくらい、とろんとして解放されます。アーユルベーダの治療をうければうけるほどからだがほてって、生命力にあふれてきます。からだの感覚がほどけて、ひらけてきます。わたしを治療するひとはマーサというおんなのひとです。わたしはまいにち、こどもになったように手をひろげてマーサにからだをふいてもらうのが、好きでした。こどものころ、だれもがやってもらったけれど、おとなになってからはふしぎな感覚。覚醒したあたまで、わたしのいのちについて考えました。

からだとこころ、いのちは、わたしのものだとおもっているけれど、じつは、そとの宇宙とつながる呼吸に支えられているのではないかとおもいました。おおきな銀河とつながる、ちっぽけないのち、呼吸。あたらしいじぶんに生まれかわったかのようでした。あるがままの自然としてのからだとこころ。からだという、いのちをみつめるところから、自然によりそうような生きかたができるのではと、覚醒のなかからぼんやりと、混迷の時代の出口のひかりがみえてきました。

インドを旅するうちにインドの本質にふれ、わたしが習ってきたもの、身につけてきたもの、西洋的な自我、生きる実感が虚ろなものは、虚構だとわかったのです。わたしのかすかな生気がすこしずつ生き還り、ようやくからだのなかに、もどってくる感じでした。インドではだれもがそのような体験をするんだとおもいます。だからまた、にっぽんに帰るとすぐインドに行きたくなるのでしょう。生きてるって実感をとりもどすために。

ゴアの牛

いつも自然のぐるりを、みていよう。
おそいかかる自然。
象にはわかる、地震や津波。
海の色、おと、あわ、匂い、風。
急な引き潮。
自然のうごき。
菩提樹の木のしたで、
あまりにもちいさき、ひと、にんげん。

ゴアのアンジュナのバザール、ラッパ吹きおじさんとテッペイとこぶ牛

二〇〇四年十二月二十六日わたしたち家族はゴアに滞在していました。インドのゴアはヒッピーの聖地。ここではふたつのバザールがひらかれています。アンジュナビーチで毎週水曜日にひらかれているバザールはひろくてお店がいっぱいならびます。パッチワークのような、つぎはぎ布を日よけにしていてバザールぜんたいが布でおおわれています。布のくにインドらしく、遠くから見るとバザールじたいが、おおきな布の作品のよう。もうひとつ毎週土曜日のナイトバザールはドイツ人とインド人で運営されています。インドの民族音楽のライブがあり、おしゃれで人気があります。そこで地下足袋をならべるにっぽん人の旅びとに会いました。旅しながら住んでしまうひともおおいゴア。街には、ゴアに住むスイス人のカフェ、ベジタリアン食堂、ジャーマンベーカリー。そんなゴアにあこがれてつぎの世代の若いひとたちが集まっています。バザールはヒッピーのひとたちと、あたらしい世代のファッションをつくりだすひとたちのお店、インド人やチベット人のフォークロアな布のお店がごちゃまぜにならんでいます。ボヘミアンな感じが漂っていて懐かしい未来といったバザール。

そのバザールを愉しんだあと、海岸へ泳ぎにでかけ、わたしたちはある異変に気づきました。

ちょうど海でくつろいでいたとき、「いつもはこんなに海の潮が引かないよね」と顔を見あわせました。一瞬海面は引き潮になり、おどろきました。いつもは見えない海の底の岩が、異常なくらい目のまえに現れたのです。ロープでゆわえられている小舟はすごいちからで沖へとひっぱられています。いつもだったら浜辺で昼寝している野良牛たちが、いっせいに陸地のほうに歩いて移動しているので、ざわざわおちつきません。するとまもなく、こんどは海の潮が満ちて、いつもビーチデッキがならんでいるあたりまで、ぶかぶかと波が押し寄せてくるので、ちょっと怖く、いつもとちがう感じがしました。「きょうは満月だから、潮の満ち引きがすごいねえ」とはなしながら、そんな大事だとはおもいませんでした。

その二日後、タイにもどろうと宿のあるじのところにお金を払いに行ったときのことです。彼がテレビを見せてくれました。スマトラ島沖の地震によるインド洋大津波のニュースをやっていて、タイの海岸の街は津波で壊されていました。これはたいへんです。何日もテレビも新聞も見ていなかったので、はじめて知った津波の映像に足ががくがくふるえました。

うちに電話すると留守番してくれていた、えまちゃん（当時テッペイのお弟子さん）が泣きそうな声でした。「もう、なんにちも連絡がないので、電話をくれるひとたちに、まだテレビになまえがでていません、とこたえるしかなかった」と言われました。セツローさんにも電話して、無事だと知らせました。高知に住む友人、ひできさんとようこさんとバンコクで会う約束をしていたので、電話すると「とにかくバンコクまで行って、おちあえなければ何かあったんだってわかるとおもってたよ」と。

タイ南部のプーケット島やカオラックでは、象が丘のうえのほうにむかって走り出して、大津波から逃げたそうです。象には人間が感じられないような津波の異変、まえぶれがわかるのだといいます。低周波の音を聞いて逃げたのではないかといわれています。なんと象の足のうらには、何十キロとはなれた津波の振動を感じるちからがあるのだそうです。

また、スリランカでは水牛が百頭も海岸から走って陸地へ逃げていたといいます。スリランカでは津波でおおくのひとが亡くなりましたが、津波で死んだ野生動物がどこにもみつからなかったというのです。ゴアの海岸での牛たちの移動をみると、野生動物は津波が襲ってくることを事前に予知する能力があるのかもしれません。

ゴアでも津波が来るまえには、すごいちからで潮が引くというまえぶれがありました。いつも見ないような、海底の岩を見たら、これから大津波！とおもうことはできるかもしれません。大地震のまえに耳鳴りがするというひともいるようです。地震を予知する動物たちを観察することで、人間が失ってしまった感覚をとぎすますことができるかもしれません。

ゴアからムンバイ、デリーと飛行機でバンコクに着きました。宿でテレビをつけると、菩提樹にしがみついて助かったひと、逃げて無事だった象の映像をやっていました。身近な自然のぐるりの生きものたちをよく観察してみよう、とテッペイとひさしぶりの常宿でお茶をわかして飲みながら、しみじみとはなしあいました。大自然のまえでは人間はちいさな生きものだということを、このゴアの旅で、あらためて気づいたのでした。

バラナシの母のゆくえ

聖地バラナシはインドのまんなか。
母なるガンガーのおおきさ。
生きることも、死ぬことも。
いのちの源流ガンガーのなかに
ガンガーの水の流れは永遠。
聖地バラナシには祈るひと。
街のなかには神さまの祠と花輪。
生きること祈ること、そのものが、ここ。

日本語をはなす、ちいさなおとこの子と永積 崇君

インドのなかでも、もっともインドらしい聖地バラナシ。「ひさしぶりにインドに行くんだよ」と永積 崇君にはなしたところ、いっしょに行きたいというので、わたしとテッペイと崇君のおかしな三人旅ということになりました。手には崇君のくれた「うさぎ!」(小沢健二さんによって書かれた本。社会のありようを寓話のようにわかりやすく書いています。ライブの会場でしか手に入らない本です)と辺見庸の本をもって、バンコク経由でバラナシに着きました。バラナシ空港では入国なのに手荷物検査があり、わたしのワインがみつかり、バクシーシ5ドルを支払いゆるしてもらいました。聖地は禁酒だったのです。

二十年ぶりのバラナシです。象平が三歳のときインドへの旅で腸チフスになったので、それ以来バラナシには行く気もちになれませんでした。空港から街へ、エキセントリックなタクシーの運転手は、クラクションをならしっぱなしです。リキシャやくるまや牛や馬車や犬がごちゃまぜになっている道を対向車が来るのに平気で、がんがん追い越しながら走っています。わたしはこわくて、いのちがちぢみました。

宿は迷路のような、野良牛や猿のいる路地裏のさらに奥にあり、タクシーをおろされると、客引きの嵐でした。宿に着くと、さっそくガンジス河に行ってみました。幼い象平と手をつないで歩いたところです。

ここバラナシは、いまも中世のような石畳のせまい道が迷路のようになっているので、いつも道に迷ってしまうのです。でも崇君の土地勘がすばらしく、わたしたちは彼のあとをついて歩くまいにちでした。せまい道を巡礼のひとや、火葬場にむかう、竹のはしごに乗せられた死者をかつぐ親族の行列が、鈴の音とともにゆきかうのです。おまけにちょっと小雨がぱらつくと、その石畳が野良牛のうんこでどろどろになり、つるつるすべるのです。わたしは靴がクロックスだったので、もうスケートしているみたいに、すってんころりんとすべってばかりでした。

バラナシの中心はガンジス河です。沐浴し祈りをささげるヒンズー教徒のたくさんいるガンジス河を左手に歩いてゆくと、火葬場のマニカルニカーガートにでました。死者はさいごのお清めの沐浴をします。ガンジス河の水につかってから、そのうえに薪を井桁《いげた》につんで、荼毘《だび》にふします。

むかしながらの原始的な火葬です。二千年まえからつづく、シヴァ神の火をつけます。完全に燃やしおわるのにはなかなか時間がかかります。すっかり灰になるとガンジス河に流します。そうして遺灰がガンジス河に流されて、母なるガンガー、河とひとつになります。すると輪廻からの解脱を得られると信じられています。輪廻転生を信じるヒンズー教徒にとって死ぬことは何回も何万回も生まれ変わることだと聞き、わたしはふと、佐野洋子の絵本『100万回生きたねこ』（講談社）を思いだしました。100万回生まれ変わり、ついに愛するねこの死を悲しみ、ほんとうに死んでしまうのです。ああこのおはなしは輪廻転生だったんだと。愛することで解脱できたねこのおはなしだったのかとはじめて気づくのでした。

バラナシの火葬場でみえてくる、生きることと死ぬことの、すべて。

火葬をまえにしてわたしは、生と死のあいだにたたずんでいることにはじめて気づくのでした。そして、かけがえのない生、じぶんが生きていることにもまた、はじめてリアリティを感じるのでした。

崇君の情報によると、あしたは日食でガンジス河の黄泉《よみ》の国とよばれている中洲に、船で渡れるらしいとのこと。むかし中洲にはおいはぎがいると聞いたので、すこし心配でしたが行ってみることにしました。大音量の音楽でお祭り騒ぎのインド人にまじっておおきな渡し船に乗りこむと、チャイがふるまわれました。中洲に渡るときれいにそうじしてありました。ロバがつながれていて、ロバに乗って中洲のさらに奥のほうまで行けるようでした。黄泉の国は意外とうつくしいさらさらの白い砂で、野良犬がいっぱいでした。黄泉の国に来たというのでみんなが記念撮影していました。なんだか、すこしイメージとちがいました。(藤原新也の「人間は犬に食われるほど自由だ」という写真はガンジス河に流された死体が中洲に流れついたのを撮影したと聞いたので、こわかったのです)

黄泉の国からの帰りみち、十一歳のちいさなおとこの子が日本語ではなしかけてきました。あまりに流暢なことばにおどろきました。日本人の観光客におそわったのだそうです。いっしょにいる兄はひとこともしゃべりません。わたしたちは、一日に一回自炊していたので、灯油を探していました。するとその子のうちのちかくにあるというので、ついてゆきました。

家で待っているあいだに、灯油を買ってきてあげるというのです。

おうちにつくと、そこはシルクの布のお土産屋さんでした。おとこの子のおかあさんがでてきて、チャイをごちそうになりました。それから「布見てゆかない?」と布のおへやにとおされ、ちょっと高めの値段だったけど、わたしも崇君も布を買いました。おとこの子は、日本語でこのお店にお客を案内するのがしごとだったんだと、わかりました。おかあさんに会ったとたん、こどもにかえり、満面の笑みのおとこの子。インドではこどももたいせつなはたらき手です。ひとこともしゃべらない兄が灯油を買ってきてくれました。明るい路上にでて、わたしたちは、はっと、ことの真相をあらためて悟りました。すっかりちいさなおとこの子の魔法にかかっていたかのようでした。だまされないように用心しすぎていると、だまされてしまうのがインドです。おとなだったらだまされないけど、こどもだから信用してしまったのでした。けれども、だまされてもいやな気もちではなく逆にインドのかわいいこどもの商売に、崇君と感動しました。

この旅は、「3・11」東日本大震災のちょうど一年まえのことです。この社会のありようが、なんだかおかしいなと、ざわざわこころで感じていたのです。よりどころのないにっぽん。わたしたちは経済成長が人間の社会をしあわせにすると信じていました。おもえば二〇〇一年「9・11」。おおくのひとびとが気づいたようにわたしも予感しました。もう世界が変わらないといけないと。わたしたちは、いまどのような時代を旅しているのでしょう。インドに旅することで、なにかに気づけばと、わたしたち三人は、このざわざわとする気もちについて、旅のあいだ、すこしずつはなしはじめました。ガンガーの見える宿の屋上でごはんをたべながら、たくさんはなしました。にっぽんのくにのありかたや政治を超えるものをつくろう、それが感動する音楽であり、うつくしいもの芸術であると。じぶんたちのしごとで実現しようと。もうひとつの価値観を探す旅が、ここからはじまったのです。にっぽんにもどってわたしは二冊目の本『種まきびとのものつくり』(アノニマ・スタジオ)をつくりました。旅はまるでこの時代の布石のようにおもえるのです。インドの聖地バラナシを旅しながら、崇君とはなしたり、考えたり、感じたりしたことがそういうことだったんだと、妙に納得できるのです。いま想うと、どこかで、その後おこるできごとを予感していたかのように。

夢みるブータン

未来はむかし。
ちいさな暮らしと素朴なひとびと。
チベット寺院にはツァツァがならぶ。
ツァツァは土と火葬した灰をまぜてつくるもの。
チベット仏教の祈りと、土とともにある暮らし。
たべものをつくる農業がみんなのしごと。
ロバとともに生きる、自給自足のちいさな生きかた。

はたらきものの、ブータンのロバ

むかしネパールのカトマンズをおとずれたとき目にした布のまえで、わたしは感動して立ちつくしました。その布はブータン生まれでした。虹色の縫いとり織り、沖縄の花織りにもつながる、その布にすっかりこころをうばわれたのでした。わたしがブータンと聞いて、夢をかきたてられるのは、たった一枚の布に、ものつくりの血がさわぐからなのでした。わたしのどこかに、そういう本能的な、布への執着心がかくれているのです。たった一枚の布にこころをゆさぶられました。ブータンへの旅はそれが、あこがれとなって「もういちどあの布に会いに行こう」とこころに決めました。

そうして二十五年も前に、ふたりめのこどもを産んだら、ごほうびにブータン旅行という約束をテッペイとしたのでした。すっかりわすれているのかとおもったら、テッペイはおぼえていてくれました。おかげでとうとう、ブータンへの旅が実現しました。夢みる想いはその想いがつよければ、つよいほどかなうのだとわかりました。

目でみて、足で想う、それが旅の神髄です。さらにこの時代がひつようとしている、ゆっくりとしんぷるなブータンの暮らしに興味をもちました。あまりグローバル経済の導入されていないブータンのひとびとの暮らしを見てみたい、農的なもうひとつの生きかたを探ってみたいと。

飛行機はネパールのカトマンズを飛び立ち、神々しい雪のヒマラヤの山々をすぐそこに見ながら、山のなかのパロの空港におりました。パロは谷相のふもとの美良布のような街でした。風がかけぬけてゆく草原、田んぼや畑は、わたしたちのにっぽんの風景をなぞらえているような印象です。のびやかな棚田のある農村の風景、山だけれど空間がひろびろしていて、建物がうつくしい佇まいをみせています。

鈴の音にふりむくと、ロバの群れが荷物を運びます。先頭をゆくロバは赤いぼんぼりをつけています。群れのロバたちは、先頭の赤いぼんぼりについてゆくそうです。かわいくかざりつけたロバにも大地のなかの生活のリズムがゆったり感じられます。くるまのかわりにロバが運ぶのです。

ブータン人のおうちは楚々として、無数のこまかな手間ひまのあとがみられます。手をかけた蓄積、手しごとの想いをなぞることができます。ひとびとは、おとこは着物のようなゴ、おんなはキラを着ています。しごと

のとき、役所、お寺、学校ではいつも身につけることが決まりです。これが守られている衣服の伝統文化です。これ

ゾン（お寺と政治の場所）に入るとき、おとこのひとはカプネという白いロウシルクの手紡ぎ手織り布を巻きます。この布が楚々とした存在感があり、あまりにもうつくしいので、わたしが手に入らないかと伝えると、ガイドのジミさんが「ふたつもっているので、あげます」と言うのです。おどろいて「高価だから、いいよ」とおことわりしましたが、つぎの日に贈りものですと手渡されました。からだはひとつしかないのでふたつもっていても使えないから、わたしが使ってくれたほうがいいと。

チベット仏教では、「足るを知る」「欲をもつということはいけないこと」と家庭や学校でおしえられています。いまあるもので、じゅうぶんという、暮らしかたは、こういうジミさんの気もちにあらわれていて、気もちのいいものでした。わたしが、いいくるまは、欲しくないのかとたずねると、「欲望をもつことは戒められていますから、もっと欲しいとおもうことはないのです」と。やはりブータン人のこころは「いまあるもので、もうじゅう

ぶん」というチベット仏教に根ざしているのです。「足るを知る」といまの暮らしがしあわせだと感じられるのだといいます。わたしはもっともっとというにっぽんの経済のことを思いだし、なんだかはずかしくなりました。また、ブータン人は、お祈りするとき、じぶんのことより、家族や村びと、くにのひと、世界のひとのことをお祈りするんだそうです。そこがにっぽん人とちがうとこだとジミさんにおしえられました。

「世界がぜんたい幸福にならないうちは個人の幸福はありえない」『農民芸術概論綱要』（筑摩書房）という宮沢賢治のことばを思いだしました。じぶんのためにばかり、祈っているわたしは、ふと、このことばは、ブータン人のように自給自足をする農民の思想ではないかと気づいたのです。

ブータンは山国なので、おもな収入は水力発電でつくった電力です。その大半をインドに輸出しているほか、観光などの収入で、ブータン人の教育、医療費は無料だそうです。おなかをこわして病院にかかると外国人のわたしの医療費も無料でした。村では百二十戸くらいの小規模分散型水力発電が中心で、おおきな送電線はありません。また、ほとんどの国民が農ブータンは農民なので、たべものは自給自足です。お金の心配をしなくていい暮らしは、ほんとうにゆったりとゆたかです。老後はどうするのとたずねると、大家族で暮らしているので、こどもがめんどうをみるのがあたりまえだそうです。農的な暮らしはおおきな家族に支えられています。わたしもブータン人みたいな農的大家族になりたいなあとおもいます。

ブータン人はいつもリラックスしていて、愉しそうです。チベット仏教とともにおだやかに暮らすブータンのひとびとは、いまの暮らしに満足しているというのです。GDP国内総生産を指標にしてきた、にっぽんやおおくのくにはいま、ゆきづまっています。グローバリズムはひとびとの暮らしを消費し、お金中心の世の中をつくりました。いまわたしたちは、お金がなければ生きてゆけないような社会のなかで、こころのよりどころを失っています。お金がないと、しあわせを感じられないのでしょうか。

素朴なブータンのうつくしさは、農民の生活のうつくしさです。大地に根づいた自給自足の経済を選んでいます。そのことが風景をうつくしくしています。わたしたちのくにが、近代化とひきかえに失ってきたものをブータンのひとびとは知っていて、もうひとつの生きかたをあえて選び守っているのです。ブータンは、GNP国民総生産に対して、くにとしてすべてのひとびとがしあわせになること、GNH国民総幸福を掲げていますだから持続可能な経済や環境保護、伝統文化をたいせつにしています。これからはグローバリゼーションではなく、ブータンのような地域主義の生きかたが、身の丈にあっているような気がしました。もっともっと消費しようという、右肩あがりの経済成長はやめて、ちいさなしごと、ちいさな暮らし、ちいさなおうち、ちいさな畑、ちいさな果樹園、ちいさな村、ちいさなくに、ブータンのようにちいさくなることが、これからますますひつようです。いま、わたしたちの価値観がおおきく変わってきていると感じます。人間としての生きることの喜びを感じられる、ブータン人のような幸福感。お金やしごとではなくて、家族やいのちをたいせつにしたいという生きかたが、「3・11」、あのおおきな震災を経験したあと、じわじわとひろまっているのではないでしょうか。

ミャンマーと台湾と沖縄の懐かしい未来

放浪しよう。
わたしたちのリュックサック革命。
たましいの故郷を探して、
地球のうえを旅するわたし。
懐かしい未来のくにぐにを探す旅。
消費するのをやめてつくろう。
消費するものを減らすこころみ。
じぶん自身のなかに、とりもどす、つくるたのしみ。

上：のんびりとした、ミャンマーのぶつぞう
下：ミャンマーの路上にある水のサービス

こうして旅してきた道のりを書いてみると、わたしの旅は南へのノスタルジーという、無意識の記憶の旅につらぬかれていました。アジアから琉球弧へ。また琉球弧からアジアへ。精霊たちの住むアジアが、いのちの根源につながることに気づきます。わたしは知らないうちに、たましいの故郷《ふるさと》を探す旅にでかけていたのかもしれません。

古代、琉球弧からスンダランドへ（紀元前一万数千年前、現在のミャンマーやタイのあたりからインドネシアの島々はおおきな大陸だった）。きっと文化はつながっていたとおもうのです。また、スンダランドからは、琉球弧づたいに、南からやってきたひとが縄文人になったと考えられます。古代の旅びとがスンダランドへ、いったりきたりする文化の流れがあったのだとおもえるのです。そうすると、わたしの南へのあこがれは、単なる偶然ではなく、たましいの故郷へのあこがれともいえるのかもしれないのです。

古代の先祖がたどった旅のあとをたどる巡礼のような旅。そう、こんな想いにつきうごかされて、沖縄、台湾、ミャンマーと古代の琉球弧を意識しながら、それぞれのくにを旅しました。

沖縄の村には、森の御嶽《うたき》信仰があります。古代人の宗教のような、精霊信仰や、ニライカナイ、いまもノロやユタが生きるシャーマニズムが信仰を支えていました。その独特の宗教観、まれびとや、アジアの山岳少数民族のシャーマニズムともつながっているようにおもえます。

また玉陵（たまうどぅん）という琉球大国の遺跡の、ずしがめ（洗骨したものをいれておく）がすばらしく、テッペイと二度もおとずれました。

台湾では、ちょうどテッペイも参加する「4人の陶芸家たち展」（大谷工作室、尾形アツシ、小野哲平、村田森）がひらかれていました。台湾の若いひとたちがにっぽんの文化に興味を持っているのにおどろきました。インターネットや本で見て、にっぽんの陶芸についてよく知っているのです。台湾という、くにとしての成り立ちを考えると、くにの未来に不安があるので、若者はそのアイデンティティを探しているのだとおもうのです。

翌日、故宮博物館に行くと観光に来た中国人が大行列していました。展示を観るのもたいへんなので、斜めまえの地味な山岳少数民族博物館に入りました。台湾の先住民の暮らしぶりやその風景や生活習慣、宗教、民族服などがミャンマー、タイ、ベトナム、インドネシアの山岳少数民族やアジアの海洋民族にとてもよく似ていて感動しました。

たしかに沖縄の八重岳でも、豚トイレの跡を見て、わたしはタイのアカ族の豚がたべるトイレを思いだしました。どこか、似ていて、なんだか共通の文化のような気がするのでした。

台湾にはタイヤル族、パイワン族、ヤミ族がいます。ミャンマーのカチン族やシャン族、カレン族などは、それぞれの民族の自治独立を求めて、政府軍と戦争になっています。山岳民族は焼き畑をしながら、国境地帯を移動して暮らしています。だから政府からは煙たがられ、海外のNGOや宗教団体から定住させるための援助があるほどです。もともと山岳民族に、くにという考えかたは、なかったのです。山岳少数民族こそ、国境を自由に移動しながら暮らしている現代のアナキストです。山岳少数民族のちいさな独立国家をつくることができるといいなとおもいます。

わたしたちのほうが、くにという概念にしばられて、せまいところに生きているのかもしれません。

また、台湾では屋台のならぶ市場のちかくの赤いお寺に、観音さまがいて、ひとびとは列をなしておまいりしています。蓮の花とお香を手におそなえして祈ります。アジアではあちこちに仏教寺院があり、祈るすがたが見られます。旅びとのわたしも、思わず手をあわせて祈り、こころにやすらぎを感じるのです。

ミャンマーは長いあいだの軍事政権で、多国籍企業がまだあまり入ってきていません。ひとびとの暮らしは貧しくちいさな経済です。けれどもひとびとは、みんなにこにこしていて、あたりまえにゆったり、たのしそうに暮らしています。仏教徒がおおいので、ぶつぞうだけは神々しく金箔でおおわれています。おとこのひともおんなのひとも、ロンジーという腰巻き布を巻いています。

わたしは、ミャンマーのちいさな古いぶつぞうをいつも旅にもち歩いています。そのちいさなぶつぞうは、父のマレーシアのおみやげにもらった金の首かざりを金行で換金して、タイの泥棒市で手にいれました。だからいつか、ミャンマーへ旅しながら、ぶつぞうを見て歩くのが夢でした。どのくにのぶつぞうよりも、ミャンマーのぶつぞうの顔が好きです。粗野なつくりですが、ほほえんでいて魅力的。楚々として、無骨、素朴なぶつぞうにわたしは魅了されてしまいました。

ミャンマーの寺院はかなりのひろさで、ぶつぞうのおおさに圧倒されます。祈りのあふれる寺院でいちにちをすごすと、わたしの日常もこころおだやかになって、なんともいえずまったりしました。

ひとりの祈りはちいさく一滴の水のように、たましいのなかにあらわれます。そしてわたしたち人間の祈りはかさなりあって、いつか脈々とした水脈になって地下をごうごうと音をたてて流れるのです。旅するアジアの琉球弧のさきのくにぐにで、みずみずしい祈りの水脈になんどか遭遇しました。祈りには生命力がたくわえられて、古代と未来をつなげるのです。

おもえばにっぽんという寒々とした社会に疑問をなげかけ、旅びとになって、三十年の月日がすぎようとしていました。混迷を深めるくにをでて、熱帯アジアを旅することでたしかめる、考える、旅。旅のなかで出会った宗教や祈り。そして自給自足的な、農的な自立した暮らしがわたしの未来に、ますますひつようになってきました。

いつしかわたしの暮らしも山岳少数民族のように、すこしむかしの農村にもどろうとおもうのです。懐かしい未来の暮らしに。完全な自給自足経済にもどるのはむつかしくても、半分くらいだったら可能でしょう。にっぽんの農村もむかしはどこも家族のたべるものを、自家菜園でつくっていました。だからわたしも消費するばかりの暮らしでなく、すこしでもつくって、経済生活から、消費生活から自立しようと、畑を耕すのでした。畑はアジアとつながっている、スンダランドの太古ともからだのなかで。

古代からつづく、わたしのなかの歴史と未来。古代と未来のまんなかに、わたしたちはいまを生きています。ここ谷相のおおきな岩は、古代の儀式の跡かもしれないし、どんぐり(高知には、どんぐり豆腐がある)や栗は縄文時代のなごりとしていまもたべられていると、遠いむかしのひとびとの暮らしに想いをはせます。いまのわたしたちの選びかたが、人類の未来をも変えうるちからになるのだと、おもうのです。ただ消費する、お金を使うときにも、未来のありようを考えて自覚しながら選ぶことが、たいせつです。琉球弧からスンダランドへの旅から学んだことは、古代と未来はわたしたちによって、つながっているということです。

祈りのダラムサラ

山から空にこだま。
ひとびとの祈りが、
じゅずやマニ車のおと、
ひとびとの声がうずとなり、
祈りのうずが、お経を唱える。
山のてっぺんにある、お寺で。
チベットのひとは、ラサの大地に祈る。

チベット人のおばあさん、五体投地をしたあと

ダラムサラはうつくしく、祈りのあふれた街でした。インドの首都デリーの北、くるまで五百二十キロメートル標高千八百メートルのところにあります。ダラムサラの中心のマクロードガンジーという街に着くと、インドなのに、チベット人がおおくてふしぎな印象です。

ここは、チベットからインドに亡命してきたダライ・ラマ十四世がチベット亡命政府をつくっています。映画「チベットチベット」を学校で観た鯛が、行きたいと言いだし、ダライ・ラマがいるダラムサラに家族でやってきました。象平は二十五歳、鯛は十七歳。インドには行きたくないと言っていた象平もひさしぶりの家族旅行です。着いてすぐに、コミュニティセンターのとなりのセキュリティオフィスにダライ・ラマの謁見を申し込みにゆくと一ヵ月後になるというので、あきらめました。

ダライ・ラマが講話をするチベット寺院ナムギャル僧院のなかの、ツクラカン堂に行ってみました。なかには、百人くらいのひとびとが、くちぐちにお経をあげて、一心に祈っているところでした。五体投地をしているひともいます。マニ車をまわすひと、数珠《じゅず》をくるひと。なんだか、祈りのうず、お経の声がうずとなって、すごいちからの気がぐるぐるまわっているように感じました。本気で祈るので、気が充満しているのです。念ずるちからのうず、わたしもそのうずのなかで祈ることにしました。

やがてわたしのこころに、みんなの祈りの気が入ってきて、ひとつのうずになっていくのがわかりました。祈りというと、たいていひとりやふたりで祈るのですが、こんなにおおくのひとびとの祈りを目にするのは、はじめてです。声はやがて地の底から、わたしのからだの奥底にむかって、ずんずんやってきます。チベット仏教のおおきな声のうず、うねりがやってきます。うっすら半眼にしているひとを真似て、瞑想してみました。

わたしのからだの奥のほうにあるものを、正面にあるチベットの黄金の神さまが見おろしているようでした。いつしかわたしは、ヒマラヤを山越えしてここにやってきたチベット人になっていました。わたしのからだのなかには、どろどろと憎しみや恨みや怒りがわきたっていました。

さっきチベット博物館で、一九五九年三月のチベット蜂起で中国から逃げて雪山のチョモランマを山越えして亡命してきたひとびとの写真を見たからです。中国政府の支配に反発して、たちあがった民衆たち。雪山を登るうちに、足が凍傷になったこどもや若者もいました。山越えの途中で亡くなるひともいたといいます。ダライ・ラマもこのとき、身の危険を感じ、ラサからインドのダラムサラに亡命しました。

空はすきとおるように青く、山の頂きには白い雪。チョモランマにつながる山脈がここから見えます。故郷を捨ててこの山を越え亡命してこなければならなかったひとの悲しみと苦しみ、憎しみを想像しました。半眼でそういうことが、頭のなかをよぎったとき、着いたばかりのペマタンゲストハウスで、こどもたちがテレビを見ていたことを思いだしました。

中国人の記者のおんなの子が「わたしは中国人ですが、中国政府のことをどうおもいますか」と質問しました。ダライ・ラマが答えます。「虎は鹿をたべますが、鹿は虎をたべません。ははは！」と声をあげて笑っておんなの子のほっぺたをつつき、ぎゅっと抱きしめました。虎は中国政府、鹿はチベット人のことです。非暴力をつらぬく思想を虎と鹿に例えておはなしされたダライ・ラマのことばにわたしは深く共感し感動しました。

どんなに悲しみや憎しみや怒りをもっていても、感情にとらわれず、空になり、こころをしずめることができるという、チベット仏教の瞑想法をこころみてみました。

つぎつぎ、こころは空にならずに、想いがやってきます。はっと気がつくと、わたしのとなりに、三つ編みのおばあさんが三人で座っていました。そのひとたちは、手にマニ車をもっていてぐるんぐるんとまわしていきます。どんどんはやくなる、マニ車のその音でやっと「いま、ここ、この瞬間」を気づくことができました。いま、ここ、わたしにもどって、われに還りました。わたしの半眼の祈りも、すごい集中力だったので、念のちからで、ラサが見えたような気がしました。

師から弟子へと伝えられる瞑想修行で空の悟りをみいだすのがチベット仏教の教えです。瞑想のなかで宙を走ったとも、瞑想の修行をしてさいごに荼毘にふされるとき、虹を体現した僧もいたといいます。

「いま、ここ、この瞬間」に完全に注意を集中すること。「いま、ここ、この瞬間」に気づくこと。ふだんの暮らしのなかで、そうじやお皿洗い、ちくちく縫いもののときに、「いま、ここ」に気づくことがチベット仏教の教えです。祈りや瞑想は、観念力、念のちからで、夢を実現できるのだというのです。そのとき、呼吸は、丹田からゆっくり息を吸い込み、丹田から息を吐ききる丹田呼吸法をします。

チベットのひとびとは祈りのなかで、どこにいても、きっとラサを夢みているのかもしれません。この旅のなかで、チベットの祈りのうずにわたしをかさねて、祈りそのものになったのでした。

亡命してもなお祈り、瞑想から悟りをひらき、内なるこころを高めらるチベット人のそばにいてやっと気づいたのです。生きていることは、祈りであると。ダラムサラに旅してチベット人の祈りにおしえられました。おもえばチベット人は住むところを追われて、亡命している旅びとです。

いまこうしているときにも、ダラムサラやチベット自治区では、百名(二〇一三年二月二十八日現在)を超えるチベット人や僧侶が焼身自殺を試み、チベットの自由や解放を訴えています。どんなに弾圧されても、抑圧されても、けれどもチベット人は非暴力をめざして、非暴力をつらぬいているのです。このことを想うと胸がいたくなります。わたしたちの祈るちからには、想像するちからがあります。念じるちから、祈りのちからが、いつかチベットに解放という正義をもたらしてくれるように、目と眼のあいだで、つよく祈らずにはいられません。

チベット人の未来は、祈るところがあるかぎり、念ずることができるかぎり、国家というわくをこえて、ひろがってゆくでしょう。チベットの智慧、チベット仏教の教え、非暴力の思想はすでに、くにというわくをとりはらって、難民という旅びとが、世界じゅうにちらばって、そういうひとびとによって、体現されているからです。そこに、わたしたちの未来のすがたとかさなることが、たくさんあるのです。

「いま、ここ、この瞬間」の祈りの静けさが、わたしに気づきをもたらしてくれました。現代のにっぽん人のなくしたものは、宗教や精神世界をこえるような、こころのよりどころ、祈りだったのではないかとわかりました。住み処を追われたチベット人と住み処をなくしたにっぽん人をかさねあわせて、そんなことを想うのでした。

あとがき
ちいさなぶつぞうを求めて。

ちいさなぶつぞう。
旅するかばんのなかに。
祈りは、しずかな平和。
すると、瞑想するように、こころがおだやかに。
3・11のあと、だれのかばんにも、ひつような
ちいさなぶつぞう。
ちいさなぶつぞうは、太陽であり、月でもあり、
宇宙そのもののような存在。
やがて、わたしたちのこころに、銀河のように
ひかりかがやく祈り。
旅は祈り、旅することは祈ること。

テッペイといっしょにみつめた、ちいさなぶつぞう。

それがわたしのちいさなぶつぞうとの出会いでした。奈良国立博物館のなかにおさめられている、ちいさな誕生仏です。

テッペイとそれぞれ、ばらばらにわかれて、みたあと「どれがいちばんよかった？」とたずねると、まったくおなじ誕生仏をみいって感動していたのです。ふたりがおなじぶつぞうをみて、感動したのも、旅するなかで、おなじように目の蓄積をかさねてきたからでしょう。お互いに顔を見あわせ、ほほえみ、わたしもうれしくおもいました。

それはバンコクの泥棒市で出会って、たまたまわたしたちの手もとに巡ってきたちいさなぶつぞうに、よく似ていました。しぐさも、からだつきも。身につけている袈裟も。なにより、くちもとがほほえんでいるのです。にまにましているというのでしょうか。見ていると、こちらがうれしくなって、おもわずにんまりしてしまうような。

このちいさなぶつぞうとの出会いは、わたしにとっておおきなものでした。ちょうど「9・11」のあとのことでした。

わたしもテッペイもしごとは、ものつくりです。

ものをつくりながら、ちいさなぶつぞうに出会ったときのような感動をとどけられればと想いながら、しごとをしています。わたしは、いのちを包む衣服。テッペイはごはんのうつわ。そのなかに、ちいさなぶつぞうのような、なにかをこめられるだろうかと、いつも感じてしごとをしています。

旅は発酵します。何年もかけて、からだのなかでぷくぷくとした想いやイメージになって。目にはみえないなにか。目にはみえない空気や匂い、砂ぼこり。旅するわたしの記憶の蓄積が、いまではものつくりのもとになります。

わたしたち人間は三つの目をもつと、丹田呼吸法の師の中内先生におそわりました。実際のもののかたちをみるわたしの目は肉眼といい、ふたつあります。あとひとつがみえないものをみる目、心眼。こころの眼は、じっさいの眼でみる表面的なうつくしさだけではなく、みえないものをみることができるというのです。そのこころの眼、心眼でみているのがちいさなぶつぞうです。なにか感じるのです。きっと、心眼にとどくのは、ちいさなぶつぞうのひかりだとおもうのです。（心眼は目の奥の松果体のところだから）

いいぶつぞうだなあとおもうのは、ぶつぞうへの祈りが感じられるからだとおもいます。祈りばかりか愛や慈しみも。

いまもちいさなぶつぞうを求めて、旅にでます。ちいさなぶつぞうは巡り巡ってわたしたちのこころのまんなかに、すっぽりと座っています。わたしは、もうなにものにも、かえられないような、旅する学びを得たような気がします。アジアをなんども旅すると、アジアのくにぐにでは、仏教を信じるひとびとのすがたにこころを打たれ、ぶつぞうに手をあわせ祈るすがたに感動します。その一方で、わたしはにっぽんに住みながら、なんだかいごこちがわるいのです。なにか、こころが虚ろでよりどころがないのです。ですから、いつしかアジアというおおきな懐に、住んでいるという感覚になりました。わたしは、もう、くにというわく組みをとっぱらって、アジアの村びとになろうとしているのです。

「3・11」のあと、福島ゲンパツの事故によって放射能汚染されたにっぽん。移住や、旅するひとがふえています。そこでわたしの旅について、あらためて考えてみようとおもうようになりました。わたしはいまでもリュックひとつをおへやに置いて、すぐにどこにでもでかけられるように、旅じたくしています。リュックひとつでどこでも暮らせるのです。リュックひとつで、家族の暮らしもできるのです。もともと人間はそういう遊牧の民だったのかもしれません。

わたしたち家族の旅は、旅そのものが学校のようでした。旅することでこどももおとなも学んできました。旅は、旅するまえがわくわくしてたのしいのです。旅がおわるころになると、なんだか、さみしくなります。そろそろ、子育ても、おわりちかくになると、なんだかうれしいような、かなしいような。

いまはこどもたちにおしえることはあまりなく、できることはおとなであるわたしたちの生きかたを見せていくことです。こどもたちはおおきくなって、それぞれ自然に、ひとり旅にでています。旅の学校ってのもあるのかもしれません。学校に行くかわりに、旅にでかける。そういう学びかたがあってもいいとおもいます。そうしてだれもが、これで、だいじょうぶと、じぶんを肯定できる生きかたができる世の中になったとき、つよいものだけが生きのこるようないまの時代におわりを告げることができるのでしょう。

わたしの旅の友であるテッペイ、旅することが大好きなテッペイと出会えたことにありがとう。さいごにこの本を手にしてくれたみなさん、おしまいまで旅びとにつきあってくださりありがとうございました。

雨水の日に。

撮影：小泉佳春

文	早川ユミ
企画・編集	祥見知生
写真	早川ユミ + 小野哲平
編集アシスタント	村上千世
デザイン	峯崎ノリテル
	正能幸介((STUDIO))
扉写真	松村美保
編集担当	山川陽子

Special Thanks to
永積 崇さん
黒嶋佐和子さん（Laughin'）
自由の森学園　鯛の友人のみなさん

旅する種まきびと
2013年5月25日　初版第1刷発行

著者	早川ユミ
発行人	前田哲治
編集人	谷口博文
発行所	アノニマ・スタジオ 〒111-0051 東京都台東区蔵前2-14-14 2F Tel.03-6699-1064 Fax.03-6699-1070 http://www.anonima-studio.com
発売元	KTC中央出版 〒111-0051 東京都台東区蔵前2-14-14 2F
印刷・製本	株式会社廣済堂

ISBN 978-4-87758-717-8 C0095

アノニマ・スタジオは、
風や光のささやきに耳をすまし、
暮らしの中の小さな発見を大切にひろい集め、
日々ささやかなよろこびを見つける人と一緒に
本を作ってゆくスタジオです。
遠くに住む友人から届いた手紙のように、
何度も手にとって読み返したくなる本、
その本があるだけで、
自分の部屋が
あたたかく輝いて思えるような本を。

anonima st.

早川ユミ

はやかわゆみ / 布作家

アジアの手紡ぎ、手織布、藍、黒檀の実、ラックなど草木染め、泥染めの布、山岳少数民族の布、柿渋で染めた布、リトアニア麻布でちくちく手縫いして、衣服をつくり、あちらこちらで展覧会をひらいている。夫である、陶芸家の小野哲平の薪の窯たきを手伝ったり、種まき、木を植える。アジアの布を探して、家族で旅する。ときどき、セツローさんとのふたり展をひらく。

主な略歴

1957年	生まれる。
1983年	アジアの国々を旅する。アジアの手紡ぎ、手織りの布たちに出会う。タイの農村の暮らしや、山岳少数民族の暮らし、「生きるための芸術運動」の歌い手・詩人・絵描きの人々に出会う。
1985年	愛知県常滑のちいさな山のなかで、ちいさな畑を耕しながら、テッペイと暮らしはじめる。子育ての日々。
1986年	「種びとたちの夢みるところ」東京・ギャラリー玄海。
1988年	タイのナコンパトムに暮らし、ちくちく仕事。バンコク・シラパコーン美術大学とチェンマイ・タップルートで展覧会。
1989年	インドとネパールへの子連れ旅。
1994年	タイのダンクェン村でものつくり。
1998年	高知の山のてっぺんに移住。棚田にちいさな果樹園とちいさな畑をつくる。谷相の種まきびとに出会う。
1999年	「種まきびとの着る服たち」小田原・菜の花
2001年	「ちくちくてんてん種のいのちをつつむ服たち」松山・サンキエーム
2005年	「土がある。布がある。」福岡・梅屋
2008年	「土に生きる。布と暮らす。」奈良・月草　初めてのエッセイ集『種まきノート』（アノニマ・スタジオ）を出版。
2009年	全国各地で『種まきノート』出版記念のちくちくツアーを行う。
2010年	インドのバラナシへ旅する。『種まきびとのものつくり』（アノニマ・スタジオ）出版。
2011年	全国各地で『種まきびとのものつくり』のちくちくツアーを行う。インドのチベット、ダラムサラへ旅する。ごはんレシピ『種まきびとの台所』（アノニマ・スタジオ）を出版。
2012年	ブータンとミャンマー、台湾、沖縄へ旅する。
2013年	マダガスカル島へ旅する。

ホームページ　http://www.une-une.com
ブログ　http://yumipepe.exblog.jp/